AtV

Nichts liebt Alice Nestleton mehr als ihre zwei Katzen – und das Theater. Ihre großen Auftritte als Schauspielerin liegen zwar schon einige Zeit zurück, doch noch immer schwelgt sie in Erinnerungen. Plötzlich hat sie wieder mit dem Theater zu tun – aber auf eine Weise, die ihr ganz und gar nicht gefällt. Als ein junger Schauspielschüler, der Alice verehrte, ermordet wird, nimmt sie die Ermittlungen auf. Die Spur führt ausgerechnet zu ihrer alten Schauspiellehrerin und zu einer russischen Emigrantengruppe, die einst das Theater New Yorks revolutionierte. Die alten Herren erweisen sich auch als Katzenliebhaber, aber haben sie noch andere, tödliche Leidenschaften?

LYDIA ADAMSON ist eine bekannte Krimiautorin, die mit vielen, vielen Katzen in New York lebt. Ihr dritter Katzenkrimi wird im Dezember 1995 im Aufbau Taschenbuch Verlag erscheinen: »Eine Katze im Wolfspelz«.

Lydia Adamson

Eine Katze macht Theater

Kriminalroman

Aus dem Amerikanischen
von Julia Schade

Aufbau Taschenbuch Verlag

Titel der Originalausgabe
A CAT OF A DIFFERENT COLOR

ISBN 3-7466-1074-5

1. Auflage 1995

Umschlaggestaltung Torsten Lemme
unter Verwendung einer Illustration von Rainer Fischer
Satz LVD GmbH, Berlin
Druck Elsnerdruck GmbH, Berlin
Printed in Germany

1

Die Besitzerin – sie hieß Francesca Tosques und hatte irgendwas mit der italienischen Botschaft zu tun – hatte mir, bevor ich den Catsitter-Job übernahm, gesagt, daß Geronimo im Grunde eine liebenswerte Katze sei, aber ein paar kleine Eigenarten hätte.

»Gehen Sie nicht in die Nähe des Kamins«, sagte sie geheimnisvoll. »Kein Problem«, erwiderte ich. Francesca würde drei Tage weg sein: Sonntag, Montag und Dienstag. Mein Job war einfach: Ich brauchte nur in ihre große Altbauwohnung an der Ecke West End Avenue und Ninety-Seventh Street in Manhattan zu gehen und Geronimo zu füttern, ein bißchen mit ihm zu plaudern – kurz, etwas Zeit totzuschlagen. Das war alles. Für einen Catsitter-Job eine wirklich prima Sache.

Ich kam am Sonntag um drei Uhr nachmittags. Ich war den ganzen Weg von meiner Wohnung in der East Twenty-Sixth Street bis hierher durch den Central Park gelaufen. Draußen war es heiß, aber in der Wohnung herrschte eine angenehme Kühle, obwohl es keine Klimaanlage gab, sondern nur einen großen Ventilator, der sich langsam an der Decke drehte. Die Aussicht von hier war wirklich einmalig: über den Hudson bis nach Jersey, nach Norden den Hudson hinauf oder hinunter auf New York. Jedes Fenster bot ein anderes Panorama. Francesca hatte mir dreiundzwanzig Ein-Dollar-Noten auf dem Tisch im Eßzimmer liegenlassen. Sie schaffte es immer, auch die einfachsten Dinge kompliziert zu machen. Aber daran war ich gewöhnt.

Was Geronimo betrifft, so hatte ich eine Bali-Katze oder eine Cornish Rex oder irgendeine andere exotische Rasse erwartet, doch als ich ihn schließlich sah – er lag auf dem Küchentisch –, war Geronimo nichts anderes als ein altmodischer schwarzer Streuner. Man konnte ihn beim besten Willen nicht anders bezeichnen. Er war groß, kräftig und häßlich mit seinen narbenbedeckten Flanken, und wenn er ging, hatte er den typischen Gang streunender Kater, die immer ein bißchen so laufen, als hätten sie etwas an den Hoden, um es freundlich auszudrücken.

An diesem ersten Tag blieb ich ungefähr eine Stunde in der Wohnung und redete mit Geronimo, der mir eigentlich gar nicht zuhörte. Nachdem er gefressen hatte, war er wieder auf den Küchentisch zurückgekehrt, und ich mußte fast schreien, damit er mich hören konnte. Ich machte ihm weis, ich sei eine berühmte Schauspielerin und eine bekannte Detektivin, aber vor allem sei ich eine Catsitterin mit den besten Referenzen, und daß ich ihn schon aus seiner Reserve herauslocken würde. Ich würde sein arrogantes Verhalten einfach nicht hinnehmen.

Am dritten Tag war unser Verhältnis noch immer nicht wesentlich herzlicher geworden. Trotzdem begann Geronimo mir an diesem letzten Tag meines Jobs unheimlich zu werden. Und mein Stolz war verletzt. Alle sagten immer, ich hätte ein echtes Händchen für Katzen. Sie können meine eigenen Katzen fragen – Bushy und Pancho. Die werden Ihnen das jederzeit gern bestätigen. Und so begann ich, mir Gedanken über das zu machen, was seine Besitzerin mir erzählt hatte – daß ich auf keinen Fall in die Nähe des Kamins gehen solle. Das war schon sehr merkwürdig. Es war einer dieser alten, großen Kamine, und er war in die Nordwand der Wohnung eingebaut. Allem Anschein nach war es ein funktionierender Kamin, aber es war genauso offensichtlich, daß er schon lange Zeit nicht mehr benutzt worden war. Ich hatte mich von ihm ferngehalten, einerseits, weil sie es mir gesagt hatte, und andererseits, weil er sich in der allerhintersten Ecke der Wohnung befand. Man mußte schon wirklich dort hingehen wollen. Ich saß also da am Wohnzimmertisch, schmorte vor mich hin und betrachtete Geronimo, der mich seinerseits vom Küchentisch aus fixierte. Meine Gedanken waren die einer Zwölfjährigen, nicht die einer einundvierzigjährigen Frau. Man hatte mir etwas verboten. Die Autorität hatte gesprochen. Autoritäten mußte man unbedingt zuwiderhandeln. Es war zweifelsohne ein pubertärer Impuls.

Ich stand langsam auf und schlenderte elegant wie auf der Bühne hinüber zum Kamin. Dort angelangt, legte ich eine Hand leicht auf den Kaminsims und lächelte.

Sekunden später schien auf der anderen Seite des Raumes etwas zu explodieren. Und dann spürte ich einen kurzen, stechenden Schmerz am Daumen der Hand, die auf dem Kaminsims ruhte.

Verblüfft schaute ich nach unten. Dort stand Geronimo. Er war quer durch das Zimmer geflogen und hatte mich gebissen. Können Sie sich das vorstellen?

Dann drehte der Kater sich um und schritt langsam zum Küchentisch zurück, ganz der machohafte Streuner.

Nach dieser Attacke stand ich unter einer Art Schock, und so taumelte ich ins Badezimmer und ließ kaltes Wasser über die kleine Wunde laufen, um sie zu reinigen. Geronimo beobachtete mich von seinem Küchentisch aus mit gelangweiltem Blick, als ob er sagen wollte: »Sie hatte dich gewarnt. Da du ganz offensichtlich mit dem Feuer spielen mußtest, geschieht es dir nur recht, daß du dich verbrannt hast.«

Nachdem ich die Wunde ausgewaschen und verbunden hatte, fühlte ich mich erschöpft. Ich ging in Francesca Tosques' Schlafzimmer und legte mich aufs Bett. Ich schaltete das Radio ein und schloß die Augen. 1010 WINS war eingestellt – Nachrichten rund um die Uhr.

Ich lag da und dachte darüber nach, warum Geronimo wohl Leute angriff, die vor dem Kamin standen. Es war wirklich merkwürdig. Dann muß ich wohl eingedöst sein. Plötzlich war ich wieder wach. Mein Mund fühlte sich trocken an. Ein böser Traum? Nein. Im Radio wurde ein Name wiederholt, ein Name, den ich kannte. Der Sprecher sagte, daß einer der letzten berühmten Bohemiens von Greenwich Village tot sei. Arkavy Reynolds war auf der Jane Street erschossen worden. Reynolds, so sagte der Sprecher, war ein bekanntes Mitglied der Theaterszene von Lower Manhattan. Er war Produzent und Herausgeber eines Theater-Skandalblatts, das er selbst vertrieb, indem er von Coffee-Shop zu Coffee-Shop lief, und eines jener ungeheuerlichen Individuen, ohne die die Künstlerszene von New York früher nicht denkbar gewesen wäre. Der Sprecher schloß mit der Mitteilung, daß die Polizei die Ermittlungen in dem Mordfall aufgenommen habe, aber bisher weder Hinweise noch Zeugen habe finden können.

Der arme Arkavy! Ich hatte ihn in der letzten Jahren häufig zufällig getroffen, und wir hatten immer ein wenig geplaudert, oder besser gesagt, ich hatte seinen Monologen zugehört. Er war ein hünenhafter, fetter Mann, der die Straße entlangzurollen schien. Er trug zu allen Jahrenszeiten das gleiche: eine Taxifahrermütze, ein weißes Hemd und eine farbenprächtige Krawatte, eine Weste, einen Farmeroverall mit Schulterklappen und dazu Bauarbeiterschuhe. Natürlich war er ziemlich verrückt. Gerüchten zufolge sollte er aus einer reichen Familie stammen. Er suchte immer nach geeigneten Orten, um irgendwelche Off-Off-Broadway-Stücke aufzuführen. Er redete ständig über irgendeinen anderen brillanten neuen Bühnenautor, von dem kein Mensch je etwas gehört hatte. Und in seiner Zeitung standen oft Artikel über Leute, die es überhaupt nicht gab. Jede Ausgabe dieser Zeitschrift enthielt auch von ihm verfaßte Rezensionen, die vor exzentrischer Zeichensetzung nur so strotzten – er liebte Sternchen und Ausrufezeichen und Doppelpunkte und Bindestriche.

Ich stand vom Bett auf und ging in die Küche. Da war Geronimo. Er interessierte mich überhaupt nicht mehr. Ich ignorierte ihn. Völlig in Gedanken versunken öffnete ich mehrmals den Kühlschrank und schloß ihn wieder und dachte dabei an Arkavy. Ich versuchte mich zu erinnern, wann ich ihn zum letzten Mal gesehen hatte. Es könnte an der Ecke East Fourth Street und First Avenue gewesen sein, an einem Abend im Herbst 1989. Ich war auf dem Weg zu einer Lesung einer Schriftstellerin aus Ostdeutschland. Ja, es könnte damals gewesen sein.

Ich ging aus der Küche wieder ins Wohnzimmer und ließ mich ermattet in einen Sessel fallen. Meine Wunde begann zu pochen. Geronimo beobachtete mich noch immer. Da kam mir in den Sinn, daß wenn Arkavy und Geronimo sich zufällig kennengelernt hätten, sie wahrscheinlich gute Freunde geworden wären. Denn schließlich war Arkavy ein Mann, der sein ganzes Leben damit verbracht hatte, darauf zu warten, daß er gebissen wurde.

2

Es war zehn Uhr morgens. Ich stand vor der Schule an der Ecke Eighty-First Street und Madison Avenue und blickte über die Straße auf das Beerdigungsinstitut Frank E. Campbell, wo man die Leiche des armen Arkavy im Sarg sehen konnte, bevor das Begräbnis stattfand. Die Öffentlichkeit war eingeladen worden, ihm die letzte Ehre zu erweisen. Nun, und genau das hatte ich vor. Er war immer die verrückte frische Brise in der Theaterwelt von New York gewesen. Die Zeit war an ihm vorübergegangen ... das New Yorker Theater war jetzt Showbusiness oder Hochfinanz – in jeder Hinsicht –, und ich war es ihm schuldig, seinen Leichnam zu betrachten.

Die *Times* hatte einen kleinen Artikel über ihn gebracht – im Theaterteil, nicht bei den Nachrufen. Der Reporter nannte seinen Tod eine dieser sinnlosen New Yorker Tragödien. Arkavy hatte anscheinend am Morgen seines Todestages mit einem Bettler am Sheridan Square Streit gehabt. Die Polizei mutmaßte, daß der Bettler sich eine Waffe besorgt, nach Arkavy gesucht habe und in der Jane Street auf ihn getroffen sei. Dort schoß er ihm fünfmal in die Brust. Der Reporter schrieb, Arkavy Reynolds letzter bekannter Wohnsitz sei ein Seemannsheim in der Nähe der South Street gewesen. Und dann gab der Artikel einige der farbigeren Arkavy-Anekdoten wieder – zum Beispiel seine Vorliebe dafür, ein Taxi zu nehmen und den Fahrpreis dann mit Karten für Off-Off-Broadway-Stücke zu bezahlen, die schon seit Jahren nicht mehr aufgeführt wurden.

Warum ging ich eigentlich nicht einfach über die Straße in dieses Bestattungsinstitut? Warum zögerte ich? Ich weiß es nicht, aber ich hing noch eine ganze Weile dort herum. Der Morgen war schön und warm, aber die Luft war nicht feucht, und eine sanfte Augustbrise wehte die Madison Avenue herauf.

Ich wartete, bis ich sah, wie eine Gruppe von Leuten, die aussahen, als hätten sie mit dem Theater zu tun, in das Institut hineinging, und dann überquerte ich die Staße schnell bei Rot und betrat das Gebäude hinter ihnen. Ich hatte meine langen, grau-goldenen Haare zu einem Knoten aufgesteckt und trug Ledersandalen und ein lockeres, weißes Kleid mit Ringelblumenmuster.

Drinnen war alles Marmor und Gediegenheit. Ein gutgekleideter Mann mit einer Nelke im Knopfloch fragte nach dem Namen des Verblichenen und zeigte, nachdem ich diesen genannt hatte, auf die Treppe. Ich ging schnell nach oben und fand den Raum.

Arkavy Reynolds lag in einem Messingsarg. Es waren nur acht oder neun Leute im Raum, die sich verlegen von Wand zu Wand bewegten. Es gab mehrere große Blumensträuße, noch in Zellophan eingewickelt.

Ich ging nah an den Sarg heran und blickte hinein. Da lag Arkavy, in irgendeinem komischen Gewand. Er war im Tod dünner geworden. Er hatte nur wenig Haare auf dem Kopf, was mich überraschte, aber andererseits hatte ich ihn ja niemals ohne seine Kappe gesehen. Als ich ihn so betrachtete, wurde mir klar, wie dumm und sentimental es von mir gewesen war, hierher zu kommen. Arkavy hätte es unsagbar komisch gefunden.

»Ein netter Mann«, sagte jemand neben mir.

Ich drehte mich um. Eine alte Frau mit einem rosa Strohhut stand auf einen Stock gestützt da und schaute an die Wand hinter dem Sarg.

»Ein sehr netter Mann«, sagte sie nochmal und fügte dann hinzu: »Und er war so gut zu seiner Mutter, bevor sie starb. Kannten Sie seine Mutter?«

Ich schüttelte den Kopf.

»Wußten Sie, daß seine Familie aus Albany stammt?« fragte sie.

»Nein.«

»Ja, aus Albany«, bestätigte sie, lächelte und humpelte davon. Ich schaute wieder auf den Sarg. Es war alles zu traurig. Wer weiß, was für Träume Arkavy hatte, als er vor all diesen Jahren aus Albany nach New York kam ... hungrig nach der Theaterszene, dem Leben der Bohème ... nach der Schönheit und der Wahrheit in der Kunst ... *épater la bourgeoisie*, das wollte er: die bürgerliche Gesellschaft schockieren. Hatte er wirklich geglaubt, New York würde wie das Paris von Baudelaire sein? Der Dummkopf. Ich drehte mich um und ging schnell aus dem Raum, die Treppe hinunter.

Ich hatte noch keine drei Stufen genommen, als ein junger Mann, der die Treppe heraufkam, vor mir auftauchte und den Weg versperrte.

Er hatte dichtes, lockiges schwarzes Haar und ebenso dichte Brauen über strahlend blauen Augen. Er trug das scheußlichste Hawaiihemd, das ich je gesehen hatte. Es hing locker über seiner Hose. Mein erster Gedanke war: Wie konnten sie den hier reinlassen?

Er grinste mich an und trat nicht zur Seite. Er sagte: »Unter diesem Fels liegt all die Schönheit, die jemals sterben konnte.«

Ich starrte ihn sprachlos an. Irgendwie kam er mir bekannt vor.

»Ben Jonson«, nannte er die Quelle des Zitats.

Und dann entfuhr mir ein langes, aufgebrachtes Stöhnen. Natürlich kannte ich ihn. Was für ein verdammter Zufall! Ich hatte vor kurzer Zeit begonnen, einen Sommerkurs an der New School zu leiten. Der Unterricht hatte bisher erst einmal stattgefunden. Aber dieser junge Mann war bereits zu einer Nervensäge geworden. Eine wahrhaftige Geduldprobe. Es war die erste Unterrichtsstunde, und so hatte ich der Klasse eine alberne Frage gestellt. »Woran denken Sie, wenn Sie das Wort ›Theater‹ hören?« Und genau dieser junge Mann, der mir jetzt den Weg versperrte, hatte sich gemeldet und eine lange, bösartige Tirade auf das amerikanische Theater gehalten. Er zitierte Brechts Aussage, daß der Broadway lediglich ein Segment des internationalen Drogenhandels sei, befürwortete diese These und führte sie breit aus. All die anderen Studenten wandten sich sofort gegen ihn und begannen ihn anzubrüllen ... und meine schöne, nette Einführungsstunde endete in einem Desaster.

»Was machen Sie hier?« fragte ich ihn.

»Ich erweise einem Verrückten die letzte Ehre, Frau Lehrerin, genau wie Sie.«

»Kann ich bitte vorbei?« fragte ich, und meine Stimme bekam langsam einen wütenden Unterton.

Er trat zur Seite, verbeugte sich tief auf eine altmodische Weise. Dabei schob sich sein groteskes Hemd nach oben, und ich konnte den flachen, muskulösen Bauch darunter sehen.

»Darf ich mich vorstellen?« fragte er und grinste.

»Kein Bedarf«, gab ich zurück, ging schnell die Treppe hinunter und verließ das Gebäude.

Draußen auf der Madison Avenue holte ich erst einmal tief Luft. Was für ein Fiasko! Ich sehnte mich zurück in meine Wohnung, zu Bushy und Pancho. Ich spürte das Bedürfnis, möglichst viel räumlichen Abstand zwischen mich, diesen traurigen toten Mann und diesen abscheulichen Jüngling zu bringen. Also nahm ich ein Taxi nach Hause.

3

Man hat keine Kontrolle über seine Schüler. Jedenfalls habe ich nie welche gehabt. Im Gegenteil, irgendwie gelingt es mir immer, sie auf dumme Gedanken zu bringen.

»Stimmt es, daß die meisten Schauspieler lausige Liebhaber sind?«

Ich blickte ungläubig auf das dicke Mädchen in der zweiten Reihe, das diese Frage gestellt hatte. Wollte sie das wirklich wissen? War das eine ernstgemeinte Frage?

Ich versuchte, mir nichts anmerken zu lassen, aber die Frage mißfiel mir im höchsten Maße. Dies war ein Sommerkurs an einer New Yorker Schule für Sozialwissenschaften, die einen sehr guten Ruf hatte – ein Elite-Institut. Und dies war ein ernstzunehmender

Kurs über das Theater und die gesellschaftliche Stellung der Schauspielerin in New York City ... über Zusammenhänge ... gegenseitige Einflüsse, Lähmung und Veränderung.

Aber alles, was die ersten drei Sitzungen gebracht hatten, war eine Ansammlung blöder Fragen. Und es waren nur noch sechs weitere Unterrichtseinheiten geplant. Wann würde ich diesen Kurs endlich unter Kontrolle bekommen? Wann würde es mir möglich sein, das Niveau der Studenten zu erhöhen? Ich hatte in der Vergangenheit schon häufiger unterrichtet ... in Schauspielschulen ... und manchmal am City-College. Einige meiner Kurse waren sehr erfolgreich gewesen. Ein Professor am City-College hatte mir einmal gesagt, daß meine Vorlesung über *Warten auf Godot* die beste und aufregendste Beckett-Analyse gewesen sei, die er je gehört habe. Ich hatte eine Pennerin mit in den Unterricht gebracht, um den Studenten zu zeigen, daß Becketts Auffassung von Obdachlosen nichts mit der Wirklichkeit zu tun hatte ... daß die Obdachlosen in Becketts Stücken lediglich verkleidet waren. Und dann began ich, unter Mitwirkung der Klasse, ihnen diese Verkleidung langsam auszuziehen ... um herauszufinden, wer diese Obdachlosen wirklich waren. Wo hatten sie gearbeitet? Was für Gesundheitsprobleme hatten sie? Aus welchem Land kamen sie? Die Klasse war in Aufruhr. Es war die bemerkenswerteste Manifestation positiver Gruppendynamik, die ich je erlebt hatte. Aber das war früher gewesen. Und die Zeiten hatten sich geändert. Und das Milieu war auch nicht mehr dasselbe. Und wahrscheinlich hatte auch ich mich verändert. In dem Kurs an der New School konnte bisher jedenfalls von Gruppendynamik nicht die Rede sein.

Vielleicht war es aussichtslos, dachte ich, während ich mir das Hirn nach einer guten Antwort auf die Frage nach den lausigen Liebhabern zermarterte. Ich hatte diesen Lehrerjob ja eigentlich nur aufgrund eines dämlichen Artikels über mich bekommen, der in dem Theaterteil der Sonntagsausgabe der *New York Times* versteckt gewesen war. Daher konnte es natürlich sein, daß man von mir die Fähigkeit erwartete, auf blöde Fragen zu antworten. Egal, der erste Absatz des Artikels hatte jedenfalls gelautet:

Mit einundvierzig Jahren ist Alice Nestleton dem breiten Publikum zwar immer noch unbekannt, aber bei Insidern der New Yorker Theaterszene gilt ihre kürzlich gelieferte Interpretation der Amme in einer Portobello-Produktion von »Romeo und Julia« als brillante Darstellung. Darüber hinaus führt Miss Nestleton ein höchst interessantes Doppelleben – sie befaßt sich mit Verbrechen. Erst kürzlich erhielt sie eine Anerkennung vom Nassau County Police Department für ihre Verdienste bei der Aufklärung mehrerer schauerlicher Mordfälle an der Nordküste von Long Island, die sie in das vornehme Milieu der Vollblutpferdezucht führte.

Der Artikel fuhr mit kurzen Abrissen der verschiedenen Rollen fort, die ich in der Vergangenheit gespielt hatte, und widmete sich dann meiner Interpretation der Amme.

Um ehrlich zu sein, ich hatte diesen Job nur wegen des verdammten Artikels bekommen, und Sie können mir glauben, mit dem Honorar von der New School kann man eine ganze Menge Katzenfutter kaufen.

»Ich hatte nicht allzu viele Liebhaber, die Schauspieler waren«, sagte ich zu der Klasse, »daher kann ich mich zu dieser Frage nicht kompetent äußern. Die, die ich hatte, waren mittelprächtig.«

Gelächter in der Klasse. Die Klimaanlage war schon wieder kaputt. Einer der Studenten hatte das Fenster in der Rückwand des Raumes geöffnet. Stickige, heiße, feuchte Augustluft schien uns einzuhüllen. Es war ein Abendkurs. Die Schüler arbeiteten tagsüber. Sie gaben ihr sauer verdientes Geld aus, um Einblick in das Leben einer Schauspielerin in New York zu bekommen, aber bisher hatten sie mir keine Chance gegeben, es mit ihnen gemeinsam zu erkunden. Sie waren auf merkwürdige Fragen fixiert: Mit wem war ich im Bett gewesen? Wo kaufte ich meine Klamotten? Wie hielt ich mich zwischen den Engagements über Wasser? Keine dieser Fragen hatte etwas mit dem eigentlichen Thema des Kurses zu tun. Denn das war die Struktur des Theaters an sich und wie es die Schauspielerin zerstört – wie ein Fleischwolf.

Ich riskierte einen Blick in die hintere rechte Ecke des Klassenzimmers. Dort saß mein spezieller Freund – der junge Mann in dem Hawaiihemd, der mich im Treppenhaus des Bestattungsinstituts angesprochen hatte. Sein Benehmen im Unterricht war nach wie vor unglaublich. Ich schien ihn ernsthaft zu verwirren. Anscheinend schenkte ich ihm für seine Begriffe nicht genügend Aufmerksamkeit. Offenbar war ich für ihn das Obermonster eines dekadenten Theaterkurses. Er forderte mich heraus. Er täuschte Gefühlsausbrüche vor. Er schrie. Er weinte. Er war anstrengend. Aber manchmal sah er mich mit einem so komischen, glutvollen Blick an, daß ich das Gefühl hatte, er sei der einzige in der Klasse, der wußte, daß ich eigentlich eine sehr gute Lehrerin war, wenn die Zeit und der Ort stimmten. Und den ganzen Unterricht über, von dem Augenblick, in dem er den Klassenraum betrat, spürte ich, daß er mich beobachtete, jede meiner Gesten genau studierte und darauf lauerte, sich auf mich zu stürzen, und daß er sehr darauf erpicht war, meine Worte und meine Bewegungen vorauszusehen.

Sein Platz war leer! Gott sei Dank! Vielleicht hatte er den Kurs geschmissen. Das war ein aufbauender Gedanke.

Ich sah auf meine Uhr. Acht Uhr zweiunddreißig. Der Kurs ging bis neun.

Wie schickt man eine Klasse nach Hause? Würden die Studenten sich freuen? Oder würden sie sich betrogen fühlen?

Eine Frau mittleren Alters mit erschreckend grauem Haar hob die Hand. Ich nickte ihr zu.

»Ich möchte, daß Sie etwas zu Portobellos Shakespeare-Auffassung sagen.«

Der Himmel segne dich, Mädchen, dachte ich. Ich wollte gerade damit anfangen, doch plötzlich fühlte ich mich schwach ... sehr schwach. Ich wollte nach Hause. Ich wollte meine Katzen füttern.

Ich lächelte sie an. »Warum machen wir heute nicht ein bißchen früher Schluß und ich fange nächstes Mal gleich mit Portobello an?« Es klang wie ein Vorschlag, aber im Grunde bettelte ich.

Sie packten die Gelegenheit beim Schopf. Ohne ein weiteres Wort räumten sie ihre Sachen zusammen, halbgegessene Sandwiches, Rucksäcke und Papiertüten. Sie waren genauso froh, nach Hause zu kommen, wie ich.

Ein Mädchen blieb zurück, während die anderen

nach draußen strömten. Sie war Schaupielerin. Das hatte ich einfach im Gefühl. Und ich konnte ihren bewundernden Blick nicht ertragen, als ob ich es wirklich »geschafft hätte«. Ich hatte es nicht geschafft. Mein Einkommen setzte sich immer noch vorwiegend aus den Honoraren für das Catsitten zusammen, Geld, das ich bekam, damit ich mit oft ziemlich gestörten, fast psychotischen Katzen wie dem liebenswerten Geronimo spielte.

»Na, wenigstens ist dieser Idiot nicht gekommen«, sagte sie.

Sie trug ein Trägerhemd. Sie hatte kurze braune Haare, und das Grün ihrer Augen war unglaublich intensiv.

»Allerdings«, gab ich lächelnd zurück und dachte an die dankenswerte Abwesenheit dieses jungen Mannes, der mich während der ersten Unterrichtsstunden so gereizt hatte. Das Mädchen wurde schüchtern und sagte nichts mehr. Eine peinliche Minute verstrich. Zwei Minuten. Dann ging sie endlich.

Ich wartete sechzig Sekunden und war gerade dabei zu gehen, als zwei Männer zum Klassenraum kamen. Sie traten nicht ein, sondern blieben an der Tür stehen und lächelten mich an. Sie stellten sich vor. Bullen. Die Detectives Felix und Proctor. Sie gehörten zu einer Einheit mit einem unglaublich komischen, bürokratischen Namen. Junge Männer, ordentlich frisiert, mit offenem Blick.

»Sie sind Alice Nestleton?« fragte der eine, der Proctor hieß.

»Ja.« Ich hatte keinen blassen Schimmer, was sie von mir wollten.

Sie breiteten ungefähr zwanzig Fotos ohne besondere Ordnung auf meinem Tisch aus. Ich betrachtete die Bilder. Die meisten zeigten im Hintergrund das Innere des Beerdigungsinstituts Frank E. Campbell, wo Arkavy Reynolds aufgebahrt gewesen war.

»Sie haben Fotos im Bestattungsinstitut gemacht? Warum?« Ich war erstaunt.

»Arkavy Reynolds war ein guter Spitzel. Ein Informant. Er hat mit uns zusammengearbeitet. Wir haben es nicht gern, wenn einer von uns am hellichten Tag mit einer halbautomatischen Fünfundzwanzig-Kaliber-Beretta umgelegt wird.«

Arkavy ein Polizeispitzel? Mein Gott. Das war unglaublich. Was für Informationen gab er denn weiter? Garderobensex im Public Theater?

Der, der Felix hieß, trug ein altmodisches Hemd mit offenen Kragen. Er bat mich, die Fotos durchzugehen. Ich identifizierte mich selbst. Ich identifizierte den gräßlichen Studenten. Ich identifizierte noch ein paar andere Leute – Leute aus der Theaterszene –, die ich selbst im Beerdigungsinstitut nicht getroffen hatte, weil sie früher oder später gekommen waren. Die Beamten notierten die Namen der Leute, die ich identifiziert hatte, auf den Rückseiten der betreffenden Fotos.

»Um welche Zeit wurde er umgebracht?« fragte ich.

»Am späten Vormittag«, antwortete Proctor.

»Gibt es Zeugen? Haben Sie irgendeinen Verdacht?«

»Wir arbeiten daran, gute Frau«, antwortete Felix gereizt.

»Haben Sie sein Zimmer durchsucht? Ich glaube, er wohnte in einem Seemannsheim unten in der Stadt.«

»Wir wissen, wo er gewohnt hat.«

»Waren Sie in seinen Coffee-Shops? Er ging immer in einen in der Fifth Street, östlich der Second Avenue, und in den polnischen Coffee-Shop am Tompkins Square Park.«

»Wir wissen, wo er rumgehangen hat«, gab Proctor zurück.

Ich wollte gerade eine weitere Frage stellen, als Felix explodierte: »Was zum Teufel geht hier eigentlich vor? Sind Sie ein Bulle? Wer befragt hier eigentlich wen?«

»Hier befragt niemand irgend jemanden«, gab ich freundlich zurück, um die Wogen zu glätten, bevor ich eine weitere, völlig plausible Frage stellte.

»Warum sollte der Mörder zur Aufbahrung kommen?« fragte ich.

»Das weiß man nie«, sagte Felix, dann sammelten sie die Fotos ein, bedankten sich und gingen. Auf mich machten diese beiden Männer irgendwie einen ausländischen Eindruck ... als ob sie aus Belgien oder so einem Land wären.

Einer von ihnen steckte noch einmal seinen Kopf durch die Tür. »Übrigens, wir haben Sie gefunden, weil einer der Angestellten des Bestattungsunternehmens Sie einmal in einem Off-Broadway-Stück gesehen hat. Er hat gesagt, Sie wären sehr gut, aber er konnte sich nicht mehr an den Titel des Stücks erinnern.«

Es war fast zehn Uhr, als ich endlich begann, die fünf Stockwerke bis zu meiner Wohnung hinaufzusteigen. Ich hatte eine große Tüte mit Lebensmitteln im Arm, in der auch diverse Leckerbissen für meinen Maine-Coon-Kater, Bushy, und für Pancho, meinen schwanzlosen Beitrag zum Tierschutz, steckten.

Die Luft im Treppenhaus war stickig, aber ich hatte nur noch ein Stockwerk zu erklimmen. Die Treppen waren mir so vertraut, daß ich gar nicht mehr wahrnahm, wie ich sie hochstieg, und ich dachte nur an meine Katzen, die auf mich warteten – in der Dunkelheit warteten ... jede mit ihren eigenen Angelegenheiten beschäftigt. Bushy lag wahrscheinlich auf dem Sofa ausgestreckt, ein Auge geöffnet, und sein Magen knurrte leise bei dem Gedanken an das bevorstehende Futter. Pancho war vermutlich gerade dabei, einen seiner verrückten Sprints von Zimmer zu Zimmer und in die Küche zu beenden. Er lief ständig vor unsichtbaren Feinden davon.

Ich war so in meine Gedanken an die Katzen versunken, daß ich den Mann, der oben auf der Treppe saß, gar nicht bemerkte, bis er sagte: »Herzlichen Glückwunsch zum Geburtstag, Frau Lehrerin.«

Vor Schreck gefror mir fast das Blut in den Adern. Ich starrte ihn im Halbdunkel an.

»Herzlichen Glückwunsch zum Geburtstag, Frau Lehrerin«, wiederholte die Stimme in ironischem Ton.

Die Umrisse eines Mannes, eines jungen Mannes, saßen ruhig auf der Treppe.

Neben ihm stand ein großer, in Papier eingeschlagener Karton mit herunterhängenden Geschenkbändchen.

Ein Dieb? Ein Triebtäter? Ein entwichener Irrer? Ich hatte keine Ahnung. Ich wollte rennen, aber meine Füße waren wie festgewachsen.

Meine Einkaufstüte, dachte ich. Ich kann die Tüte auf ihn schleudern und dann die Treppe runterlaufen. Aber ich tat es nicht.

»Wer sind Sie? Wie sind Sie hier reingekommen? Was wollen Sie?«

»Theater«, rief er dramatisch.

O Gott. Endlich ließ meine Angst etwas nach. Es war mein spezieller Freund: der gräßliche Student aus der letzten Reihe, der heute nicht zum Unterricht gekommen war, derselbe, den ich im Beerdigungsinstitut getroffen hatte.

»Was machen Sie hier?« brüllte ich, denn inzwischen begann meine Angst sich in Wut zu verwandeln ... Wut auf seine Arroganz, seine Dummheit, seine Verrücktheit. Ich hatte wirklich genug von ihm.

»Ich bringe Ihnen ein Geburtstagsgeschenk«, antwortete er.

»Ich habe nicht Geburtstag.«

Der junge Mann stand auf. Sogar in diesem schlechten Licht konnte ich sehen, daß er wieder eins seiner fürchterlichen bunten Freizeithemden trug. Er war größer und älter, als ich ihn in Erinnerung hatte. Er hatte eine kleine, stumpfe Nase, und seine große Augen schienen hier im Flur grün – nicht blau. Seine Haut war sehr hell.

Ich war müde und wütend. Ich blaffte ihn an: »Gehen Sie gefälligst mit Ihrer Schachtel zur Seite und lassen Sie mich in meine Wohnung.«

Ich hatte mit ihm gesprochen wie eine Kindergartentante mit einem aufsässigen Gör.

Er ging nicht zur Seite und sagte auch nichts.

Seine Armbanduhr tickte. Ticktack. Sein Hemd war schweißdurchtränkt. Große Schwitzflecken breiteten sich von unter den Achseln fast bis zur Knopfleiste aus.

Dann bewegte er sich plötzlich, schoß die Treppe hinunter auf mich zu – so schnell, daß ich gar nicht reagieren konnte.

Im allerletzten Moment sprang er zur Seite, streifte

mich kurz mit seinem Gesicht und flüsterte: »Ich liebe Sie.«

Und dann war er bereits auf dem Treppenabsatz einen Stock tiefer. Und seine Schritte hörten sich an wie ein wegfahrender Zug ... schneller und leiser mit zunehmender Entfernung.

»Ihre Schachtel«, rief ich ihm nach und zeigte auf das Ding, das er auf dem Treppenabsatz hatte stehenlassen.

Aber es war zu spät. Er war schon weg.

O Gott, dachte ich. Das hat mir gerade noch gefehlt: ein verrückter Student, der in mich verliebt ist. Aber da gab es ein dringlicheres Problem. Ich mußte meine Wohnungtür öffnen, mit einer riesengroßen Schachtel, zusätzlich zu meiner Einkaufstüte, und das, ohne daß die Katzen entwischen konnten.

Ich kam auf den Treppenabsatz und fing an, die große Geburtstagsschachtel mit dem Fuß zu meiner Wohnungstür zu schieben.

Auf dem halben Weg begann die Schachtel so heftig zu wackeln, daß die Bändchen sich lösten.

Verblüfft trat ich zurück.

Aber bevor ich irgend etwas tun konnte, fiel die Schachtel auf die Seite.

Und heraus kam eine sehr große, wunderschöne schneeweiße Katze mit schwarzen Flecken im Gesicht und am Schwanz.

Die Katze sprang auf das Treppengeländer, blieb dort stehen und sah mich feindselig an.

4

Ich starrte das Wesen aus der Schachtel mit einer Mischung aus Überraschung und Ungläubigkeit an.

Dies war eine der schönsten Katzen, die mich je angefaucht hatten. Mein erster Eindruck, als ich mich vorsichtig auf sie zu bewegte, war der einer Abessinier-Katze. Sie sah aus wie ein langbeiniger Puma, was typisch für diese Züchtung ist.

Aber dann überlegte ich mir, daß diese Einordnung Unsinn war. Es gibt nämlich keine weißen Abessinier. Und außerdem hatte diese Katze, die sich jetzt auf dem Treppengeländer ausgestreckt hatte, als ob sie zum Sprung ansetzen wollte, schwarze Flecken im Gesicht und am Schwanz, was die Bestimmung weiter komplizierte.

»Nun sei doch vernünftig, Clara«, sagte ich zu ihr, während ich mich langsam vorwärts bewegte, wobei ich nicht den leisesten Schimmer hatte, warum ich sie Clara nannte. Sie war keineswegs beeindruckt. Als ich noch ungefähr dreißig Zentimeter vor ihr entfernt war, sprang sie leicht vom Treppengeländer herunter und blieb vor meiner Tür stehen. Sie setzte sich und starrte mich an.

In meiner Wohnung trippelten meine Katzen herum. Ich konnte sie durch die Tür hören. Langsam wurde mir der Ernst der Lage bewußt. Ich konnte Clara auf keinen Fall mit zu meinen eigenen Katzen in die Wohnung nehmen. Das war zu gefährlich … zu problematisch. Ich hatte keine Ahnung, wie sie aufeinander reagieren würden.

Ich stand da und verfluchte im stillen diesen dämlichen jungen Mann, der mir Clara hiergelassen hatte.

War das seine Art, seiner jugendlichen Liebe Ausdruck zu verleihen? Was um Gottes willen wird er sich erst ausdenken, wenn er nicht mehr in mich verliebt ist, dachte ich – wahrscheinlich wird er mir dann einen leibhaftigen Puma auf die Treppe stellen, als Geschenk verpackt.

Was sollte ich machen? Natürlich konnte ich die Katze einfach im Treppenhaus lassen und hoffen, daß sie in ein anderes Stockwerk marschierte und irgend jemand sie aufnehmen würde. Oder ich konnte sie ins Tierheim bringen. Aber das war riskant – Katzen im Tierheim sind nur zwei Thunfischdosen von der Gaskammer entfernt. Nein, da konnte Clara auf keinen Fall hin.

Clara starrte mich an. Ich starrte Clara an. Es gab nur eine Lösung: Ich mußte Clara irgendwo unterbringen, zumindest bis zum nächsten Unterricht in der New School, wenn ich diesen geistig zurückgebliebenen Romeo dazu auffordern konnte, sich wieder selbst seines armen Tieres anzunehmen.

Aber wo konnte ich sie unterbringen? Ich kannte nur einen Menschen in der Nachbarschaft so gut, daß ich mich trauen konnte, wenigstens zu fragen.

Ich lief schnell den Flur hinunter bis zur letzten Tür auf der linken Seite. Ich klopfte und rief: »Mrs. Oshrin. Ich bin's, Alice Nestleton. Alles okay. Ich bin es nur.« Ich mußte laut rufen, denn Mrs. Oshrin ist etwas schwerhörig. Sie öffnete die Tür. Sie ist eine ziemlich korpulente Frau, ungefähr fünfundsechzig, pensionierte Lehrerin. Wir gehen immer Samstag vormittags zusammen auf den Markt am Union Square Park einkaufen. Aus unerfindlichen Gründen nennt sie mich Alice und ich sie Mrs. Oshrin. Vielleicht schüchtert sie mich ein bißchen ein. Sie war früher aktives Mitglied der Demokratischen Partei, und sie redet immer noch ununterbrochen über Kommunalpolitik, wenn man sie läßt.

»Was ist passiert?« fragte sie ängstlich. Sie denkt immer, daß irgend etwas passiert sei. Ich zeigte ans andere Ende des Flurs, wo die weiße Katze immer noch saß.

»Wer ist denn das?« fragte Mrs. Oshrin, als ob es sich um eine entfernte Verwandte handelte, die unangemeldet gekommen wäre, um sie um einen Gefallen zu bitten. Da hatte sie allerdings irgendwie recht.

»Sie heißt Clara«, sagte ich.

»Clara«, wiederholte Mrs. Oshrin, als ob der Name sie an etwas erinnere.

»Ja, Clara, und sie braucht für zwei, drei Tage ein Zuhause.«

Mein Tonfall war bittend. Mrs. Oshrin hatte mir noch nie etwas abschlagen können. Sie ist eine sehr nette Frau. Sie schaute wieder den Flur hinunter.

»Aber was hab ich damit zu tun? Ich hatte nie eine Katze.«

Mehr brauchte sie nicht zu sagen. Ich lief zu meiner Einkaufstüte, holte eine Dose Katzenfutter heraus, ging in Mrs. Oshrins Wohnung, öffnete die Dose, rannte durch den Flur zu Clara, damit sie daran schnuppern konnte, und brachte die Büchse zurück in Mrs. Oshrins Apartment. Ich ließ die Tür offen und stellte die Dose ungefähr drei Meter dahinter ab.

Dann setzten Mrs. Oshrin und ich uns auf ihr Sofa. Wir warteten, warteten und unterhielten uns.

Dann sahen wir ein weißes Ohr. Dann eine schwarzweiße Nase. Dann huschte ein langer, magerer Körper durch die Tür.

Clara war drinnen. Wir strahlten einander an. Mrs.

Oshrin beobachtete, wie Clara das Futter inspizierte und dann in königlicher Haltung davonschritt. Die Katze hatte begonnen, ihr neues Zuhause zu erkunden.

»Warum frißt sie denn nicht?« fragte Mrs. Oshrin.

»Die frißt schon noch«, sagte ich.

Wir beobachteten weiter.

»Meine Schwester hatte eine Katze«, bemerkte Mrs. Oshrin.

Mir war klar, daß Mrs. Oshrin und ich kurz davor waren, in eines unserer üblichen Harold-Pinter-Gespräche zu verfallen, in denen ein Wort das andere gibt, die aber letztendlich zu nichts führen. Normalerweise genieße ich diese Unterhaltungen, aber jetzt wollte ich endlich meine armen Katzen füttern.

»Es wird schon alles gutgehen, Mrs. Oshrin. Reden sie einfach ab und zu ein bißchen mit ihr. Ich rufe Sie morgen an.« Und damit ging ich und ließ die überraschte Frau mit ihrer neuen Hausgenossin allein.

Am nächsten Tag rief ich Mrs. Oshrin fünfmal an, um zu hören, ob sie und Clara auch klarkämen. Ich hatte zwar den Eindruck, daß Mrs. Oshrins Begeisterung über ihre neue Hausgenossin sich durchaus in Grenzen hielt, aber sie war von stoischer Ruhe und fragte mich nur drei- oder viermal, wann ich Clara abholen würde. Bald, sagte ich, bald.

Ich sprach mit Bushy, meinem Maine-Coon-Kater, über das Problem. Er wollte sich nicht festlegen. Und was Pancho anbetrifft, so bleibt der nie lange genug ruhig stehen, um zuzuhören.

Die Stunden vergingen, und mein Unterricht kam näher. Meine Wut über den jungen Mann nahm allmählich monumentale Ausmaße an. Vor meinem inneren Auge erstand eine Szene von Vergeltung und Verdammnis aus einem Shakespeare-Drama. Doch dann wurde ich etwas milder: Schließlich war der junge Mann in eine einundvierzigjährige Schauspielerin mit langen grau-goldenen Haaren verliebt, die für ihre dramatische Innovationen besonders bekannt war – in mich. Um ehrlich zu sein, ich fühlte mich schon ein bißchen geschmeichelt. Und außerdem war es geraume Zeit her, seit ich bei irgend jemandem diese Art von Leidenschaft ausgelöst hatte. Und dann war es ja auch genau diese Art von verrückten jungen Männern, die das Theater am Leben hielten. Kein Wunder, daß er zu Arkavy Reynolds Aufbahrung gekommen war. Der junge Arkavy war die Feuersbrunst der Bohème gewesen. Theater oder sterben! Es war kein Spiel. Es war Kunst. Es war kein Zeitvertreib für Spekulanten oder Dilettanten. Das Theater war das Leben selbst. War *ich* noch so engagiert?

Ich kam früher als gewöhnlich zum Unterricht und saß vor mich hinkritzelnd an meinem Tisch. Die Studenten trotteten herein. Die korpulente Frau, die nach Portobello gefragt hatte, lächelte mich an. Ich nickte ihr zu, um ihr zu zeigen, daß ich heute auf ihre Frage eingehen würde.

Mein jugendlicher Liebhaber kam nicht. Während ich meinen unzusammenhängenden Vortrag hielt, rechnete ich jede Minute damit, daß die Tür aufgehen und ein liebeskranker junger Mann in einem grauenhaften Freizeithemd hereinhuschen würde.

Eine halbe Stunde vor Ende des Unterrichts schloß ich meinen Vortrag, der offensichtlich alle zu Tode gelangweilt hatte, und fragte frei heraus, ob jemand in der Klasse den fehlenden jungen Mann kennen würde, der immer diese knallbunten Hemden trug und die ganze Zeit den Witzbold spielte. Wußte jemand, wie er hieß?

Die Schüler sahen einander an. Sie waren erstaunt. Neugierig. Dies war die New School. In Manhattan. Hier war es nicht üblich, sich vorzustellen oder jemanden nach seinem Namen zu fragen. Es wurden auch keine Anwesenheitslisten vorgelesen. Bestenfalls würde eine Schülerin zur anderen sagen: »Ich bin Jo Anne, hallo.« Was mich betrifft, so hatte ich eine Namensliste all derer erhalten, die sich für den Kurs eingeschrieben hatten – aber die hatte ich sofort weggeworfen.

»Er hat neulich etwas hier vergessen«, sagte ich zu der Klasse. Eine kleine Notlüge. Keiner aus dem Publikum vor mir sagte ein Wort. Ich entließ sie vor der Zeit und war wütend.

Als ich meine Sachen zusammenpackte, kam die jugendliche Naive in dem Trägerhemd: »Er hat mir gesagt, er hieße Bruce. Er hat mich nach der ersten Stunde gefragt, ob ich einen Kaffee mit ihm trinken würde. Ich habe abgelehnt.«

Ich lächelte ihr dankbar zu. Sie wartete, ob ich noch weiter mir ihr reden würde. Dann merkte sie, daß ich mit meinen Gedanken woanders war, und ging. Ich war mit den Gedanken wirklich ganz woanders. Der Name Bruce brachte mich nicht weiter. Und was sollte ich nur mit der armen Mrs. Oshrin machen?

5

Da war eine neue Falte in meinem Gesicht, auf der linken Seite, zwischen Mundwinkel und Kinn. Sie war zwar noch ganz fein und zart – aber sie war da.

»Du wirst alt, Alice Nestleton. Und du wirst wunderlich. Und du bist ...«

Ich hörte auf, Gespräche mit meinem Spiegelbild zu führen, und konzentrierte mich darauf, meine Haare zu bürsten. Pancho saß auf dem hohen Bücherregal, seine rostfarbenen Schnurrhaare zitterten, und sein magerer grauer Körper mit der Narbe auf der einen Weiche befand sich im äußersten Alarmzustand, wegen der unsichtbaren Furien, die ihn beständig hetzten. Ich hob langsam die Bürste und beobachtete im Spiegel, wie seine Augen meiner Bewegung folgten.

Es war zehn Uhr morgens. Ich hatte verschlafen. Im Laufe der Nacht war ich mehrmals aufgewacht, aufgeschreckt von immer demselben Alptraum. In diesem Traum lag ich in einem Sarg im Frank E. Campbell-Beerdigungsinstitut auf der Madison Avenue, und Arkavy Reynolds erwies meiner Leiche die letzte Ehre. Aber dann tauchte meine Großmutter auf, und sie und Arkavy gerieten sich fürchterlich in die Haare. Ich erwachte wieder zum Leben, um ihren Streit zu schlichten. Denn sie stritten nicht nur, sie taten sich irgend etwas Fürchterliches an. Jedesmal, wenn ich aufwachte, hatte ich Herzrasen. Aber jetzt hatte ich keine Angst mehr. Zum ersten Mal seit Tagen wehte eine kühle Brise durch meine Wohnung; der erste Vorbote des Herbstes.

Als ich mit dem Haarebürsten fertig war, machte ich mir eine Tasse Kaffee und ging ins Wohnzimmer.

Bushy döste auf dem Sofa, sein Kopf lag auf dem Skript. Ich zog den dünnen Hefter vorsichtig heraus, aber er wachte trotzdem auf. Er schaute mich vorwurfsvoll an, dann sprang er auf den Boden, um auf dem Teppich weiterzuschlafen, und knurrte dabei ein bißchen, als ob er mein unglaublich schlechtes Benehmen mißbillige.

Das Skript war nur ungefähr dreißig Seiten lang, und der Aktendeckel, in den es geheftet war, hatte eine sehr merkwürdige, mattgelbe Farbe. Ein alter Freund hatte es mir geschickt. Er lehrt an der Universität Boston, und er investiert all sein Geld und seine gesamte Zeit in Theaterproduktionen in New England. Eines haben wir gemeinsam: Wir sind beide ständig auf der Suche nach Theaterstücken, die dem gängigen Publikumsgeschmack nicht im geringsten entsprechen. Wir wollen beide die Realität der Bühne und der Darsteller und die Beziehung von beiden zum wirklichen Leben erkunden – und deshalb sind wir beide ständig frustriert. Mit einem unbestimmte Gefühl der Schwäche hielt ich den mattgelben Hefter in der Hand. Denn schließlich wußte ich, daß das Theater so vom »Normalen« beherrscht wird, daß nicht einmal mehr ein Brecht-Stück als Avantgarde gilt.

Mein Nescafé war jedenfalls schwarz, süß und aufmunternd, die Brise im Wohnzimmer war unglaublich angenehm, und so schlug ich den Hefter auf und begann zu lesen.

Ich mußte lachen, als ich den Titel las: *Rats: Eine Alternative zu Cats.*

Mit *Cats* war natürlich das Broadway-Musical gemeint, das dort schon ewig lief.

Es war kein eigentliches Skript. Es war eher das Exposé eines Stücks. Die Besetzung besteht aus sieben Ratten, die zu einer vielköpfigen Familie gehören, die unter einem Theater lebt, in dem *Cats* aufgeführt wird.

Die Ratten sprechen eine Art gebrochenes Shakespeare-Englisch, und sie sind unglaublich gewalttätig, geil, korrupt und bescheuert – eine Art blutrünstige Marx Brothers.

Ein neuer Wurf Ratten wird geboren. Dieser neue Wurf lebt in großen Schachteln mitten im Zuschauerraum und entwickelt einen ausgeprägten Appetit auf Menschenfleisch im allgemeinen und im besonderen auf das Fleisch der Schauspieler und Schauspielerinnen, die die Katzen im gleichnamigen Musical spielen.

Es war eine köstliches, bizarres und sehr amüsantes theatralisches Durcheinander, und ich war gerade dabei, mich in das brutale Stück zu vertiefen, als es klingelte.

Zuerst dachte ich, jemand sei unten auf der Straße. Aber nein, jemand war direkt vor meiner Tür. Ich ging vorsichtig hin und sagte »Hallo« durch die verschlossene Tür.

»Ich bin's, Alice«, sagte eine Stimme. Mrs. Oshrin.

Ich öffnete. Sie trug ein Hauskleid, hatte die Arme vor der Brust verschränkt und machte einen hilflosen und trübsinnigen Eindruck.

Ihr Auftauchen paßte mir gar nicht in den Kram. Beim Lesen des Skrips hatte ich Clara, die weiße Katze, völlig vergessen.

Mrs. Oshrin marschierte in die Wohnung und setzte sich aufs Sofa. Sie schien sehr ungehalten zu sein, versuchte aber, es sich nicht anmerken zu lassen. Ich wußte, daß etwas nicht in Ordnung war, denn ihr Hauskleid war sehr bunt und ganz neu. Das war bei Mrs. Oshrin ein untrügliches Zeichen dafür, daß ihr eine Laus über die Leber gelaufen war. Ein anderes untrügliches Zeichen war die Tatsache, daß sie nicht wie sonst ihren kritischen Blick durch mein Wohnzimmer schweifen ließ. Mrs. Oshrin mag mein Wohnzimmer nämlich nicht. Dabei hat sie nichts gegen die Möbel. Sie mag mein großes französisches Sofa, das ich bei Pierre Deux im Village gekauft habe, als ich einmal kurzzeitig gut bei Kasse war. Sie mag auch den schmalen, länglichen Eßtisch aus Eiche und meine drei Korbstühle vor dem Fenster und den wackligen Couchtisch. Was sie aber im höchsten Maße mißbilligt, ist die Unordnung. Aber dagegen kann ich nun beim besten Willen nichts machen. Mein Küche ist klein, mein Schlafzimmer noch kleiner. In dem langen, sehr engen Flur, der sich über die ganze Länge der Wohnung zieht, kann man nichts abstellen, wenn man noch einigermaßen durchkommen will. Und daher wird alles ins Wohnzimmer gestopft. Ich lebe eben in meinem Wohnzimmer, aber für sie ist die Unordnung einfach zuviel. Keine Frage, Mrs. Oshrin war heute nicht auf dem Damm.

»Möchten Sie eine Tasse Kaffee?« fragte ich.

»Nein, danke.«

Ich setzte mich neben sie auf das Sofa.

»Kommen Sie mit Clara nicht zurecht?« fragte ich.

Sie gab keine Antwort.

»Ich wollte Ihnen heute nachmittag noch etwas Katzenfutter bringen.«

Sie gab keine Antwort. Ich sah, wie sie den armen Bushy fixierte.

»Alice«, sagte sie schließlich in einem sehr eigenartigen Ton, »ich werde zu meiner Schwester nach Connecticut fahren.«

»O, das ist aber schön«, gab ich fröhlich zurück.

Sie griff in die Tasche ihres Hauskleids und holte einen einzelnen Schlüssel hervor, der an einem größeren Holzstück hing.

Jetzt starrte sie an die Decke. Die arme Mrs. Oshrin. Inzwischen hatte ich längst kapiert, daß dieser Besuch etwas mit Clara zu tun hatte. Wieder einmal verfluchte ich im stillen den jungen Mann, der die Wurzel all diesen Übels darstellte.

»Und wenn ich zurückkomme«, sagte sie entschlossen, »dann wäre ich sehr froh, wenn die Katze ein neues Zuhause hätte.«

»Aber natürlich, Mrs. Oshrin«, sagte ich schnell. Es war offensichtlich, daß Clara über kurz oder lang unser gutnachbarschaftliches Verhältnis ruinieren würde. »Hat die Katze Ihnen sehr viel Mühe gemacht?« fragte ich.

Mrs. Oshrin antwortete nicht. Sie stand auf, strich ihr Hauskleid glatt, gab mir den Schlüssel, lächelte verbindlich und ging hinaus, ohne mich darüber aufzuklären, welche fürchterlichen Eigenarten Clara entwickelt hatte.

Das verdarb mir den Tag. Sie würde nicht länger als ein oder zwei Tage wegbleiben, also mußte ich sehr schnell eine neue Bleibe für Clara finden.

In den nächsten zehn Stunden muß ich an die fünfzig Leute angerufen haben. Die Bandbreite der Ausreden, warum all diese Menschen die arme Waise Clara nicht bei sich aufnehmen konnten, war überwältigend. Aber sie sagten alle nein. Ich lobte Claras positive Eigenschaften in den höchsten Tönen, aber die Antwort blieb dieselbe – nein.

Es war ungefähr zehn Uhr abends, als mir endlich

die zündende Idee kam. Ich rief John Cerise an. John hat überhaupt nichts mit dem Theater zu tun. Er ist schlicht und einfach ein Katzenmensch. Er war für mich immer eine Fundgrube für Catsitter-Jobs. Wir haben uns vor vielen Jahren kennengelernt, als ich die Katzen einer reichen Dame am Central Park hütete, die eine Schwäche für englische Kurzhaarkatzen hatte. Cerise war Jurymitglied bei einer Katzenausstellung und hatte irgendwo in New Jersey eine Zucht. Er ist ein höflicher, gebildeter Mann um die Sechzig, und seine Liebe zu Katzen ist sprichwörtlich. Wir sprechen höchstens zwei- oder dreimal im Jahr miteinander, aber wir sind einander sehr zugetan. Mein verrückter Pancho nimmt in seinem Herzen einen ganz besonderen Platz ein, und er hat einmal gesagt, dieser Kater sei die Reinkarnation eines der Marschälle von Napoleon.

Ich war auf John Cerise gekommen, weil mir wieder eingefallen war, daß ich auf den ersten Blick gedacht hatte, Clara sei eine Abessinier-Katze, und ich wußte, daß Cerise Abessinier züchtete. Er liebt diese Rasse ganz besonders, und obwohl er eigentlich ein eher ruhiger Mensch ist, fängt er sofort an, langatmige Vorträge über Abessinier zu halten, wenn er Gelegenheit dazu bekommmt. Er erzählt dann, daß sie die direkten Nachkommen der heiligen Katzen des alten Ägypten sind und daß dies die einzige Rasse mit einem noch existierenden wilden Verwandten ist – der nordafrikanischen Wüstenkatze, *felis libyca.* Er spricht über ihr wildes Aussehen und über ihr freundliches, zärtliches Wesen. Wie schwer sie zu züchten sind. Über die Tatsache, daß sie vorwiegend männliche Nachkommen produzieren. Was für hervorragende Schwimmer sie sind, da sie das Wasser lieben. Und so weiter und so weiter.

Ich belog ihn nicht, als ich Cerise anrief, aber ich sagte auch nicht die ganze Wahrheit. Ich dachte mir eine feine, phantasievolle Geschichte aus, über diese sehr merkwürdig aussehende Abessinier-Katze in der Wohnung einer Freundin. Könnte er wohl vorbeikommen und sich das Tier ansehen, und wenn er es nicht wollte, mir jemanden nennen, der es nehmen würde? Ich erzählte ihm nichts von dem gestörten Romantiker, der diese Katze zu mir und Mrs. Oshrin gebracht hatte. Cerise war einverstanden. Er bat mich lachend, ihm meinen Ausdruck »eine merkwürdig aussehende Abessinier-Katze« doch näher zu erklären. Ich beendete das Telefonat so schnell es ging.

Er kam um halb acht am nächsten Morgen. Ich freute mich wirklich, ihn zu sehen. Er trug einen dieser eleganten Anzüge aus weißem Leinen, eine blaue Seidenkrawatte und ein Seidenhemd in etwas hellerem Blau. Sein immer noch schwarzes Haar trug er zurückgekämmt. John Cerise sieht immer etwas exotisch aus – ein altersloses Wesen aus einer anderen Zeit und einem anderen Raum. Seine Vorliebe für Katzen paßt perfekt zu seinem Aussehen. Er wirkt immer ganz untadelig und ein bißchen androgyn. Er strahlt so eine gewisse, kühle Sinnlichkeit aus, die sehr ansprechend ist, obwohl ich nie recht begriffen habe, ob nun eigentlich Männlein oder Weibchen das Objekt seiner Begierde sind.

Wir gingen den Flur entlang zu Mrs. Oshrins Wohnungstür. Ich öffnete mit ihrem Schlüssel, wir gingen hinein und schlossen die Tür hinter uns.

»Sie ist weiß«, flüsterte ich, während wir im Wohnzimmer auf Claras Erscheinen warteten. Warum flüsterte ich eigentlich?

»Weiß?« fragte John erstaunt.

Ich nickte. Clara kam nicht.

»Vielleicht ist sie im Schlafzimmer«, sagte ich. Wir gingen in Mrs. Oshrins Schlafzimmer. Dort war Clara auch nicht.

Sie war nicht in der Küche. Sie war nicht in einem der Schränke. Sie war nicht unter irgendeinem Möbelstück.

Wir waren verwirrt.

»Mach ein bißchen Lärm«, schlug John vor.

Ich hämmerte mit einem von Mrs. Oshrins Bronzefigürchen gegen ein Tischbein. Das Geräusch war leise und dumpf. Clara war nicht interessiert.

»Das Badezimmer«, sagte John.

Wir gingen schnell hinüber und fanden Clara in der Badewanne vor, wo sie mißbilligend die Wassertropfen anstarrte, die langsam aus dem Hahn fielen. Unser Erscheinen schien sie nicht im geringsten zu stören.

»Macht euch bekannt«, sagte ich in unglaublich herrischem Befehlston zu John und rannte hinaus, bevor er etwas sagen konnte.

Ich hatte geplant, sie mindestens zwei Stunden lang allein zu lassen. Ich ging zurück in meine Wohnung, schrieb einen Einkaufszettel und begab mich in den Supermarkt.

Ich schlenderte zwischen den Regalen entlang. Jetzt, wo John Cerise sich Claras annahm, hatte ich grenzenloses Vertrauen in den guten Ausgang der ganzen Angelegenheit. Mein Vertrauen war so groß, daß ich eine Schokoladentorte kaufte, um sie John zu servieren.

Nach dem Einkaufen machte ich einen kleinen Spaziergang durch die Nachbarschaft und genoß das Wetter, das plötzlich schön geworden war.

Dann machte ich mich auf den Weg nach Hause und zog meinen Einkaufswagen hinter mir her, der schwerelos zu sein schien.

Als ich um die Ecke meines Blocks kam und den Eingang meines Hauses sehen konnte, wußte ich, daß hier etwas nicht stimmte.

Polizeiautos und ein Krankenwagen versperrten die Straße. Eine Menschenmenge hatte sich angesammelt.

Ich bahnte mir einen Weg durch die Neugierigen, und als ich am Haus angekommen war, sah ich, wie eine Trage die Treppen heruntergebracht wurde.

Ein mit weißem Leinen bekleidetes Bein schaute unter dem Laken hervor.

»John«, schrie ich, ließ meinen Einkaufswagen im Stich und rannte zu der Trage.

Er war es. Sein Gesicht sah aus wie Hackfleisch. Seine Kleider und sein ganzer Körper waren voller Blutflecken.

Er lächelte mich schwach an. Dann richtete er sich auf und tätschelte meine Hand.

»Wer sind Sie?« frage ein stämmiger Mann in einem offenen blauen Hemd.

»Ich wohne hier«, gab ich zurück. »Was ist passiert?« Ich hatte mich wieder in der Gewalt, aber ich konnte nicht richtig erfassen, was ich sah.

Dann sah ich das Polizeiabzeichen, das er wie einen Talisman um den Hals trug.

»Jemand hat eingebrochen. Ihr Freund auf der Trage ist ihm in die Quere gekommen. Aber er wird schon wieder. Es sieht schlimmer aus, als es ist. Der Einbrecher konnte fliehen.«

»Was ist mit Clara?«

»Er war allein.«

»Nein, Clara ist eine Katze. Eine weiße Katze.« Ich hob meine Hände, um ihm die Größe zu zeigen; um ihm zu zeigen, daß Clara ein kleines Tier war.

»Da war keine Katze in der Wohnung. Hören Sie, Sie sehen nicht gut aus. Warum setzen Sie sich nicht ein wenig hier auf die Stufen. Wir kümmern uns um Ihren Freund.«

Ich setzte mich und sah zu, wie sie den armen John in den Krankenwagen luden.

6

John Cerise lächelte mich an, als ich den Kopf durch die Tür seines Krankenzimmers steckte. Er war schon wieder ganz in Weiß. Die linke Seite seines Gesichts war verfärbt, und sein linkes Auge verdeckte ein Verband. Er sah im Bett viel kleiner aus als sonst, sehr viel kleiner – so wie ein Kätzchen, wenn es in einem Lehnstuhl sitzt. Er machte eine Bewegung mit der Hand, und ich trat an sein Bett.

»Hast du die Katze gefunden?« flüsterte er. Die Prellung schillerte in allen Farben – blau, schwarz und purpur.

Ich schüttelte den Kopf. Die Katze war verschwunden. Der Polizeibeamte nahm an, daß sie aus der Wohnung gelaufen war, die Treppen hinunter auf die Straße.

Ein alter Mann, der ganz offensichtlich große Schmerzen hatte, lag in dem zweiten Bett. Er versuchte vergeblich, mir zuzuwinken. Ich tätschelte ihm leicht den Arm, als ich zwischen den beiden Betten hindurchging. Was hätte ich sonst tun können?

»Es tut mir so leid, daß ich dich in diese Situation gebracht habe«, sagte ich zu John.

Er schüttelte seinen Kopf so heftig, wie es ihm eben möglich war. Er wollte mir versichern, daß er mir nichts übelnahm. Dann schien er nach Luft zu schnappen. Schließlich sagte er: »Alice, Clara ist keine Abessinier-Katze. Aber sie ist ein wunderschönes Tier. Sie sieht aus wie ein Abessienier, sie läuft wie ein Abessinier, sie spricht wie ein Abessinier ...«. Er schaffte es mit Mühe, sich aufzurichten und seine Hand zu einer unterstreichenden Bewegung zu heben. »Aber weiße Abessinier gibt es auf der ganzen Welt nicht.«

Ich drückte seinen Arm wieder hinunter an seine Seite und half ihm, sich wieder hinzulegen.

»Die Polizei hat gesagt, daß der Dieb gewußt haben muß, daß Mrs. Oshrin verreist war, und eingebrochen ist, weil er dachte, es sei niemand in der Wohnung. Es war nur einer dieser dummen Zufälle: Du warst zur falschen Zeit am falschen Ort.«

Er nickte. Er bewegte sich, versuchte wieder, sich aufzurichten, merkte dann, daß es zwecklos war, und sagte bedauernd: »Ich habe niemanden gesehen, Alice. Ich war im Wohnzimmer. Clara saß auf dem Teppich. Wir waren gerade dabei, uns kennenzulernen. Da hörte ich ein Geräusch. Es hörte sich an, als ob sich jemand an der Tür zu schaffen machen würde. Aber ich dachte, du wärst es. Also habe ich mich nicht einmal umgedreht. Und dann spürte ich plötzlich einen ganz fürchterlichen Schmerz hier ...« Er deutete auf seine Gesichtshälfte. »Und dann war auf einmal alles schwarz.«

»Er hat dir einen von Mrs. Oshrins antiken Kerzenleuchtern über den Schädel gezogen«, sagte ich.

Cerise schloß die Augen.

»Es hätte schlimmer ausgehen können, er hätte dir Mrs. Oshrin über den Schädel ziehen können«, scherzte ich.

Er grinste mit geschlossenen Augen. Dicke Bündel von Sonnenstrahlen fielen in den Raum.

»Morgen komme ich hier raus«, sagte er.

»Möchtest du, daß ich dann komme und dich abhole?« fragte ich.

»Das ist nicht nötig. Ich bin okay.«

Ich ging um sein Bett herum und setzte mich auf einen Stuhl vor dem Fenster. Cerise schien zu dösen. Wahrscheinlich die Wirkung des Schmerzmittels, dachte ich.

Es ist schon komisch, wie man den Einfluß auf die Ereignisse verlieren kann. Ein dummer Jüngling verliebt sich in eine Lehrerin und schenkt ihr eine Katze. Die Lehrerin bringt das Tier zu einer Nachbarin. Die Nachbarin kommt damit nicht klar. Die Lehrerin bittet einen Freund, sich um die Katze zu kümmern. Und dann kommt ein Einbrecher und bringt den Freund fast um, der absolut nichts mit irgend etwas oder irgend jemandem in dieser Wohnung zu tun hat.

Die Absurdität dieser Kette von Ereignissen erschreckte mich. Aber da war noch etwas anderes in diesem ganzen Durcheinander, das höchst merkwürdig war. Der Polizist hatte gesagt, daß der Dieb es mit der Angst zu tun bekommen hatte, als er Cerise sah, ihn mit dem Leuchter geschlagen hätte und dann abgehauen wäre. Daher war auch nichts aus der Wohnung gestohlen worden.

Ich hatte einen nagenden Zweifel, ein komisches Gefühl, einen unbestimmten Verdacht – Sie können es nennen, wie Sie wollen –, daß der Einbrecher gekommen war, um Clara zu stehlen. Genau dieses Gefühl hatte ich. Aber ich konnte darin keinen Sinn sehen.

Ich fühlte mich dumm und unfähig, wie ich da auf diesem Krankenhausstuhl saß und meinen Gedanken nachhing. Clara war eine wunderschöne Katze, aber warum sollte irgend jemand in eine Wohnung einbrechen, um sie zu stehlen? Nein, der Polizist hatte recht: Es war lediglich ein Einbruch, der durch einen unerwarteten Gast in der Wohnung vereitelt worden war. Aber warum hatte ich dann dieses komische Gefühl? O großartige, wunderbare, unbedeutende Paranoia. Alice Nestleton, die wunderliche, arbeitslose Schauspielerin, Dozentin an der New School, die bekannte Catsitterin, die obskure Detektivin – kriegt wieder einmal Wahnvorstellungen wegen einer besonders geheimnisvollen Katze.

Cerise redete mit mir. Ich war so in meine Gedanken versunken gewesen, daß ich kein Wort von dem gehört hatte, was er gesagt hatte. Dann wurde mir klar, daß er gefragt hatte, wo die Katze eigentlich herkam. Er hatte die ganze Zeit gewußt, daß ich ihm nicht die ganze Wahrheit gesagt hatte.

»Von einem verliebten Schüler«, gab ich zu.

»Brichst du immer noch Herzen?« fragte er.

»Der junge Mann ist nicht einmal alt genug, um mein Neffe zu sein. Weißt du, ich gebe einen Kurs an der New School. Und daher kenne ich ihn, einen abscheulichen Jüngling, er mag vielleicht fünfundzwanzig sein, und er ist ein wirklich schwerer Fall von spätpubertärem Verhalten.«

»Du wolltest die Katze nicht?«

»John«, versuchte ich zu erklären, »er hat sie mir in einer Schachtel auf den Treppenabsatz gestellt – wahrscheinlich stellt er sich so einen Liebesbeweis vor. Ich wußte nicht mal, daß eine Katze in der Schachtel war.«

»Eine Katze in der Schachtel«, amüsierte er sich, und dann zuckte er zusammen. Zu sprechen schadete offensichtlich seiner verletzten Gesichtshälfte.

»John«, sagte ich, »rede nicht mehr. Und überhaupt, was gibt es da noch zu sagen? Ich weiß nicht einmal, ob die Katze ihm gehört hat. Vielleicht hat er sie auf der Straße aufgelesen.«

»Arme Clara«, flüsterte er.

Ich lehnte mich in meinem Stuhl zurück. Der nächste Unterricht an der New School war in achtundvierzig Stunden. Wenn dieser junge Blödmann Bruce Sowieso sich dann nicht einfand, war ich fest entschlossen, seinen Nachnamen herauszufinden, und wenn ich dafür alle Verwaltungsbeamten der Schule verrückt machen mußte. Er hatte bereits die Verletzung eines lieben Freundes auf dem Gewissen, das gestörte Verhältnis zu einer geschätzten Nachbarin und das Verschwinden oder ein noch fürchterlicheres Schicksal einer wunderschönen weißen Katze. Das einzige, was für ihn sprach, war anscheinend die Tatsache, daß er sich die Zeit genommen hatte, einer bemitleidenswerten New Yorker Theaterlegende namens Arkavy Reynolds die letzte Ehre zu erweisen.

7

Der liebeskranke Störenfried kam wieder nicht zum Unterricht. Ich wartete zwanzig Minuten, dann bat ich die Klasse, sich selbst zu beschäftigen, und ging entschlossenen Schrittes ins Verwaltungsbüro. Wie immer am Abend war nur eine Angestellte an ihrem Schreibtisch.

Ich bat um die Namensliste meines Kurses. Sie lehnte mein Ansinnen rundheraus ab. Ich bat höflicher. Sie erfand irgendwelche Ausflüchte. Ich versuchte, sie zu überreden. Sie wandte ihre Augen ab. Ich bekniete sie und deutete an, daß ich nur danach fragte, weil es sich um einen medizinischen Notfall handele. Sie wollte keinerlei Einzelheiten wissen. Das reichte. Sie gab mir die Liste.

Er hieß Bruce Chessler. Seine Adresse war East Fifth Street, zwischen der First Avenue und Avenue A.

Mit dieser Information bewaffnet ging ich in den Klassenraum zurück und hielt eine der langweiligsten und belanglosesten Unterrichtsstunden in der Geschichte der Erwachsenenbildung. Am Ende der Stunde schämte ich mich vor mir selbst und verfluchte wieder einmal Bruce Chessler, denn schließlich war das seine Schuld … allmählich war alles seine Schuld.

Ich ging nach Hause und plauderte mit meinen Katzen. Bushy schien viel Verständnis zu haben und ließ mir sogar vier oder fünf Schwanzbewegungen zuteil werden.

Im Telefonbuch von Manhattan gab es keinen Bruce Chessler unter dieser Adresse. Ich rief die Auskunft an. Unter diesem Namen gab es überhaupt keinen Telefonanschluß.

War ich von meiner fixen Idee besessen? Allmählich mußte ich mich das fragen. Warum ließ ich die Angelegenheit nicht einfach auf sich beruhen? Die Katze war weg, Gott weiß wohin. John Cerise würde wieder genesen. Mrs. Oshrin würde mir verzeihen. Ja, wirklich – warum ließ ich die Angelegenheit nicht auf sich beruhen!

Ich begann, in der Wohnung hin und herzulaufen. Dann ging ich in den Flur, stellte mich vor den großen Spiegel und betrachtete mich eingehend. Immer noch schlank, immer noch hübsch, die Haare immer noch mehr golden als grau. Konnte das der Grund für meine Beharrlichkeit sein? Eine Frau mittleren Alters, die fasziniert von der Tatsache ist, daß ein junger Mann sich in sie verliebt hat? Nein, so einfach war es nicht.

Mein sechster Sinn sagte mir, daß ein Verbrechen begangen worden war. Aber worin bestand das Verbrechen? Ganz einfach. Jemand hatte Clara gestohlen. Das war es, was ich vom ersten Moment an gedacht hatte, schon als der Polizist seine Version vom Hergang der Ereignisse erzählte. Aber es gab keinen schlagenden Beweis ... keine eindeutiges Belastungsmaterial.

Aber je länger ich darüber nachdachte, desto logischer und offensichtlicher erschien mir meine These.

Mrs. Oshrin war sehr plötzlich abgereist.

Wenn jemand ihre Wohnung beobachtet hätte, dann hätte er das rund um die Uhr tun müssen.

Und warum sollte jemand darauf warten, daß sie verreiste? Sie hatte absolut keine Wertsachen in ihrem Apartment.

Es ergab keinen Sinn.

Nein, es mußte entweder ein zufälliger Einbruch oder der gezielte Diebstahl der Katze gewesen sein. Wenn es ein zufälliger Einbruch war, hätte jeder der siebenhundert Menschen in meiner Nachbarschaft der Täter sein können. Wenn es aber ein Katzendieb war – wer sollte das sein? Der junge Mann, der seine Katze zurückhaben wollte? Absurd. Ein Ring von Katzendieben? Aber woher hätten sie wissen sollen, daß die Katze bei Mrs. Oshrin war, zumal sie ja erst seit kurzem bei ihr lebte? Und warum sollten sie ausgerechnet Clara stehlen?

Die ganze Sache war sehr sonderbar, sehr merkwürdig und außerordentlich verzwickt.

Es gab nur eine Möglichkeit. Ich würde dem jungen, liebeskranken Bruce Chessler einen Besuch abstatten und alles über die verschwundene Clara herausfinden. Aber ich wollte auf keinen Fall allein dort hingehen. Ich brauchte jemand, der mich begleitete.

Am nächsten Morgen rief ich Anthony Basillio an seinem Arbeitsplatz, der Mutter-Courage-Kopierkette, an.

Basillio ist ein alter Freund aus Schauspielschulzeiten, der das Theater vor langer Zeit an den Nagel gehängt hat – in seinem Kopf, aber nicht in seinem Herzen. Er hatte mir bei der Aufklärung der Mordfälle auf Long Islang geholfen. Und obwohl er manchmal in Verzückung gerät ... obwohl er mich immer noch Schwedenmädel nennt ... obwohl er mir immer noch – wenn auch sehr dezent – zu verstehen gibt, daß ich ihm als Frau nicht gleichgültig bin ... obwohl er immer noch aussieht wie ein lange verschollener Flüchtling aus irgendeiner langhaarigen Sekte – hat er mein volles Vertrauen, und ich schätze seine ausgeprägte Intelligenz sehr. Für ihn sind zwei und zwei selten vier – aber auch selten fünf. Wichtiger ist, daß er ständig von einer ganz intensiven, allumfassenden Unruhe getrieben wird, irgend etwas zu tun – egal was –, und ich glaube, das ist der Grund, warum er zuviel gespielt und wahrscheinlich noch einen Haufen anderer Dinge im Übermaß betrieben hat.

Wir verabredeten uns in einem Coffee-Shop an der East Eighth Street kurz vor Mittag.

Ich war gegen halb zwölf da. Er wartete schon und schien sehr erfreut zu sein, mich zu sehen. Er blies in seine Hände, als wäre er dabei, etwas ganz besonders Erfreuliches oder Lukratives zu beginnen. Er sah genauso aus wie immer. Sein Haar wurde länger. Sein Gesicht war immer noch jungenhaft. Wie konnte ein Mann mit fünfundvierzig Jahren nur so unfertig aussehen? Aber es gefiel mir, ich fand es charmant.

»Das Schwedenmädel«, sagte er, während wir unseren mexikanischen Kaffee nippten. Ich hatte schon vor geraumer Zeit die Hoffnung aufgegeben, daß er diesen traditionellen Spitznamen irgendwann fallenlassen würde. Ich hatte ihm tausendmal gesagt, daß ich nicht schwedischer Abstammung war, aber er glaubte mir einfach nicht. Aber wahrscheinlich nennt Basillio alle Leute so, die aus Minnesota stammen.

»Ich habe so darauf gewartet, dich wieder mal zu treffen. Du bist die einzige Frau, die gewisse Erinnerungen in mir wachruft.«

»Erinnerungen woran, Tony?«

»Wer zum Teufel weiß das schon.«

Wir lachten.

»Wen willst du finden?«

»Einen jungen Mann, der in meinem Kurs an der

New School war. Das ist eine lange Geschichte«, antwortete ich.

»Erzähl sie mir.«

Ich erzählte ihm alles.

»Hast du Angst vor diesem Typen?« fragte er. Ich schwieg eine Weile. Das war ein Punkt für ihn. Genau, warum hatte ich eigentlich Angst davor, Bruce Chessler allein aufzusuchen? Ich kannte die Gegend, und er war nicht gewalttätig – nur verrückt.

»Ich habe immer ein bißchen Angst vor jungen Männern, die unsterblich in mich verliebt sind«, gab ich zurück. Aber das war nicht der wahre Grund. Ich konnte das Gefühl der Bedrohung, das ich hatte, einfach nicht in Worte fassen.

»Dann solltest du auch vor mir Angst haben, Schwedenmädel.«

»Vor einem verheirateten Mann und Familienvater?« erwiderte ich.

Er grinste und wechselte das Thema.

»Und was gibt es bei dir Neues? Irgendwelche Rollen? Irgendwelche Neuigkeiten aus der Szene?«

»Ich lese gerade ein verrücktes Skript – über eine Rattenfamilie.«

»Klingt gut.« Er lachte.

Wir tranken unseren Kaffee aus und gingen. Fünf Minuten später standen wir vor Chesslers vierstöckigem Mietshaus. Es sah genauso aus wie hunderttausend andere Häuser in der Lower East Side.

Der Tag war inzwischen sehr heiß und feucht geworden. Es war einer von diesen New Yorker Augusttagen, an denen man nur noch an ferne Galaxien denken kann. Es gibt nur ein Mittel gegen das quälende Klima: sich den Anblick von enormen Explosionen und Implosionen auf einer kosmischen Skala vorzustellen.

Im Souterrain des Gebäudes lagen seitlich des Eingangs zwei Geschäfte. Eines war mit Brettern vernagelt, das andere war ein Schuhmacher.

»Kannst du dich noch an diese dicke Frau erinnern, die hier in der Gegend gewohnt hat?« fragte Basillio. »Die Dicke, die mit uns in diesem Theater-Workshop war. Ich glaube, sie war aus North-Carolina. Sie gab ständig Parties. Ich glaube, sie wohnte in der Fourth Street.«

Ich konnte mich nicht erinnern. Das war ja ewig her. Und wenn ich mich daran hätte erinnern können, wäre das wahrscheinlich hochgradig deprimierend gewesen. Es gibt nichts Traurigeres als zum Scheitern verurteilte Schauspielerkarrieren. Sie sind so vorhersehbar.

Wir gingen in die kleine Halle. Es gab Klingelschilder, aber die Namen darauf waren so verblaßt oder zerkratzt, daß man sie nicht lesen konnte. Wie intensiv wir auch auf all diese Buchstaben starrten, auf keinem der Schilder war der Name »Chessler« auszumachen.

»Wir können warten, bis jemand vorbeikommt, und dann fragen«, sagte Basillio.

Plötzlich ging die Haupttür auf, und eine Hispanierin mit einer unglaublich ausgefallenen Perücke kam zu uns in die kleine Halle.

»Wer sind Sie? Was wollen Sie?« fragte sie. Ihr Tonfall war sehr aggressiv. Sie trug einen großen Eimer mit Wasser, auf dessen Oberfläche Putzlappen herumschwammen.

»Ich suche nach Bruce Chesslers Apartment«, sagte ich.

Sie bekreuzigte sich.

»Sein ganzes Zeug ist jetzt im Keller. Ich konnte nicht länger warten. Wirklich nicht. Tut mir sehr leid. Ist alles unten. Der Eigentümer hat gesagt, ich soll es da hintun. Also hab ich es hingetan.«

»Aber wo ist er?« fragte ich, denn ich verstand den Sinn ihres Geredes nicht.

Sie bekreuzigte sich abermals.

»Ich dachte, Sie wären von seiner Familie. Der junge Mann ist tot. Ermordet in einer Bar in der Eighth Street. Vor ein paar Tagen. Sind Sie nicht seine Familie?«

»Ermordet?« Meine Brust fühlte sich an wie ein Blasebalg.

»Bum! Bum!« sagte sie. »In den Kopf geschossen. Tot.«

Ich lehnte mich gegen die Wand, mir war plötzlich ganz komisch. Basillio zog mich weg, weil ich mit meinen Schultern gegen fünf Klingelknöpfe auf einmal drückte.

8

Das Gebäude neben Chesslers Haus hatte eine kleine Veranda mit orangefarbener Markise, und auf dieser Veranda saßen Basillio und ich ziemlich lange in der heißen, feuchten Luft. Der leichte Wind stank.

Ich hatte den ersten Schock überwunden. Schließlich kannte ich den jungen Mann eigentlich kaum. Ich konnte mich nur mit Mühe an sein Gesicht erinnern. Aber trotzdem blieb ein ungutes Gefühl zurück ... wie eine Art Decke über dem Kopf, sehr leicht, sehr dicht gewebt, sehr schwierig abzuwerfen. Was hatte er auf der Treppe des Beerdigungsinstituts zu mir gesagt?

Irgendwas von Ben Jonson: »Unter diesem Fels liegt alle Schönheit, die jemals sterblich war.« Oder war es »Stein« und nicht »Fels«?

»Wir sollten uns mal seine Sachen ansehen«, sagte Basillio.

»Warum? Wir haben ihn doch gar nicht gekannt?« Die Bitterkeit in meiner Stimme überraschte mich selbst.

»Weil«, erklärte Basillio, »er schon seit ein paar Tagen tot ist, und wenn bisher niemand nach seinen Sachen gefragt hat, dann könnte das bedeuten, daß seine Familie gar nichts weiß ... daß die Polizei keinen Angehörigen ausfindig machen konnte. Also sollten wir uns seine Sachen ansehen, herausfinden, wer er ist ... ich meine, wer er war ... und mit seiner Familie Kontakt aufnehmen.«

Basillio hatte völlig recht. Das war das einzig richtige. Aber ich war unfähig, mich zu bewegen. Es schien mir plötzlich so wundervoll, einfach nur hier zu sitzen. Auf der Straße herrschte genug Betrieb, um mich von meinen Gedanken abzulenken. Genau das war es, weswegen ich ursprünglich vor vielen Jahren aus Minnesotanach New York gekommen war – weil hier was los war, wegen der Betriebsamkeit in allen Bereichen: im Leben, in der Liebe, im Theater.

Ich hatte eines meiner langen Blümchenkleider angezogen. Diese Kleider unterstreichen meine ohnehin außergewöhnliche Größe, und mein Ex-Ehemann sagte immer, ich sähe in diesen Kleidern aus wie eine erotische Phantasiefigur aus einem Virginia-Woolf-Roman. Mir wurde klar, daß ich eigentlich ganz gut ins East Village paßte.

»Da ist sie wieder«, sagte Basillio.

Die Frau mit der Perücke stand vor dem Haus und betrachtete die Tür, als ob sie entscheiden müsse, ob diese nun geputzt werden solle oder nicht.

Wir standen auf und gingen auf sie zu. Sie wußte sofort, was wir wollten. Sie holte einen großen Schlüsselring aus ihrer Tasche, klimperte damit vor uns herum, und dann folgten wir ihr durch die Tür, den Eingang, die Halle und eine sehr steile Treppe hinunter, die in den Keller führte. Dieser Keller war vollgestopft mit altem Zeug. So viel Gerümpel hatte ich in meinem Leben noch nicht auf einem Haufen gesehen.

Wir hörten ein Gurren hinter dem Krempel. Katzen? Ratten? Penner? Junkies? Gespenster?

»Tauben«, sagte unsere Führerin mit einem breiten Grinsen. Mir war nicht klar, ob sie das ironisch oder ernst meinte. Ich bemerkte auch, daß sie keine Hispanierin war, denn ihr Akzent klang eher libanesisch oder so ähnlich.

Wir gingen durch eine weitere Tür und kamen in einen weniger vollgestopften, besser beleuchteten Raum, in dem offensichtlich früher die Kohlen gelagert worden waren, denn es gab immer noch die einzelnen Verschläge. Sie führte uns zu einem Verschlag, der mit Kartons, Kleidern, Postern und Toastern vollgestellt war. Sie bekreuzigte sich und streckte den Arm aus, um uns zu bedeuten, das dies Bruce Chesslers unsterbliche Überreste seien. Dann ließ sie uns allein.

Anthony Basillio starrte auf das Zeug und schüttelte langsam den Kopf.

»Ich denke, wir sollten nach etwas suchen, was uns Hinweise auf seine Familie gibt«, sagte er.

Ich nickte. Das schien die intelligenteste Vorgehensweise zu sein. Eine einzelne kahle Glühbirne hing von der Decke und beleuchtete erbarmungslos das Gerümpel.

Wir fingen mit dem ersten großen Karton an – Tony auf der einen Seite und ich auf der anderen. Wir holten vorsichtig, nahezu andächtig, ein Teil nach dem anderen heraus. Nach einer halben Minute dieser Tätigkeit wurde ich dermaßen von einem Gefühl der Trauer und Vergänglichkeit überwältigt, daß ich mich auf einen niedrigen Karton setzte und anfing zu weinen. Vor allem mußte ich immer wieder daran denken, was die Hausmeisterin oder Pförtnerin gesagt hatte: »Bum! Bum!« Der junge Mann war erschossen worden. Das war so, als ob die Kraft eines Erdbebens zu einem winzigen, kaum wahrnehmbaren Splitter von Gewalt komprimiert worden wären. Stahl. Knall. Blut. Fleischfetzen.

Basillio suchte weiter, er ließ mich in Ruhe. Während ich so dasaß und weinte, hatte ich das absurde Gefühl, daß Clara, die weiße Katze, die Bruce mir gebracht hatte, um seiner Vernarrtheit in eine ältere Frau Ausdruck zu verleihen – daß Clara, wo immer sie jetzt auch sein mochte, Bescheid wußte und ebenfalls weinte, so wie Katzen eben weinen, aus dem Bauch heraus.

Ich sah, wie Basillio Buch um Buch aus dem Karton holte und die Seiten durchblätterte – er suchte nach der alles erklärenden Postkarte oder dem Fetzen einer Rechnung, die als Lesezeichen benutzt worden waren und uns einen Hinweis auf Bruce Chesslers Identität geben würden. Dann kamen die Zeitschriften und die Schallplatten und dann die papierenen Überbleibsel eines Lebens – Speisekarten, Zeitungsausschnitte, Gott weiß was sonst noch alles.

Ich wollte Bassilio helfen, aber ich konnte nicht. Langsam erschien sein Gesicht vor meinem inneren Auge ...

und das Freizeithemd ... und seine nervtötende Art, sich im Unterricht zu verhalten ... aber jetzt war das keine Herausforderung mehr ... der Tod hatte ihm in meiner Phantasie einen gewissen Elan verliehen ... und die Tragödie wurde immer persönlicher, immer intimer.

Da waren Klamotten und Hüte und ausgetretene Turnschuhe. Es gab alte Scheckbücher und einige nicht eingelöste Schecks der Chemical Bank, Filiale Eighth Street Ecke Broadway.

Dann holte Basillio einen sehr dicken, weißen Umschlag hervor, der mit einem ekligen, breiten Gummiband umwickelt war. Er zog das Gummi ab, öffnete den Umschlag und schaute hinein.

»Hier«, sagte er und brachte seinen Fund zu mir, »dies ist sehr traurig.«

Das war es wirklich. In dem Umschlag waren Dutzende Fotos. Manche zeigten Bruce Chessler. Auf anderen waren unbekannte Leute, dann wieder Bruce in einer Gruppe. Dieser Umschlag war offenbar sein Fotoalbum.

Auf manchen der Fotos posierte er und zeigte dieses Du-kannst-mich-mal-Lächeln, dieser Ausdruck, der zu sagen scheint: Ich bin schlauer und stärker und besser drauf als du, und das solltest du wissen. Auf anderen Bildern wirkte er eher nachdenklich, besonders wenn noch andere Leute zu sehen waren. Und manchmal, besonders auf den neueren Fotos, sah er einfach nur verzweifelt aus.

Ich fand das Bild einer alten Frau.

Ich starrte es an – die Frau hatte ihr Haar in Zöpfen um den Kopf gewickelt. Sie trug ein sehr altmodisches Kleid mit hohem Kragen und um den Hals eine dicke Kette mit einem großen Anhänger.

Ich schaute weitere Fotos durch. Aber dann nahm ich plötzlich das Bild der alten Frau wieder in die Hand. Die Frau war alt, das Foto nicht. Allerhöchstens fünf Jahre – die Kanten waren immer noch weiß und scharf.

Je länger ich das Bild betrachtete, desto sicherer wurde ich mir, daß ich die alte Frau kannte.

Die Frisur, der Anhänger, das Kleid – das alles war mir vertraut.

Dann fiel es mir wieder ein.

»Tony«, sagte ich, »komm mal bitte eine Sekunde her.«

Er kam zu mir rüber, und ich zeigte ihm das Foto.

»Weißt du, wer das ist?« fragte ich.

»Nein.«

»Sieh genauer hin!»

»Ich sehe ja hin. Aber ich weiß es nicht.«

»Sagt dir der Name Maria Swoboda was?«

Er legte den Kopf schräg und verzog das Gesicht. Offensichtlich prüfte er jede einzelne seiner kleinen grauen Zellen.

Dann schnippte er mit den Fingern: »Die alte Schauspiellehrerin.«

»Genau«, bestätigte ich, »die Schauspiellehrerin vom Moskauer Künstler-Theater, die Method acting unterrichtete. Sie hatte in den fünfzigern, sechzigern und frühen siebziger Jahren ein Studio in New York – in der Grove Street. Eine Zeitlang war sie groß in Mode. Ich weiß noch: Als ich nach New York kam, schaffte ich es, ein paar Stunden bei ihr zu bekommen, und es war, als ob ich einer Hohepriesterin begegnete.«

Ja, ich konnte mich sehr gut an diese wunderbare, verrückte alte Dame erinnern. Aber Method acting war schon vor langer Zeit aus der Mode gekommen, und ich hatte keine Ahnung, ob sie überhaupt noch lebte und ob sie noch Stunden gab. Schon damals, als ich bei ihr lernte, war sie keine junge Frau mehr gewesen.

»War Chessler Schauspieler?« fragte Basillio.

»Na ja, er kam zu meinem Unterricht, und allem Anschein nach interessierte er sich für das Theater. Aber er sprach nicht wie ein Schauspieler. Er redete wie ein Radikaler. Weißt du ... sehr leidenschaftlich ... sehr haßerfüllt ... wie manche Figuren bei Brecht – so wie du früher geredet hast, Tony. Und ich habe ihn bei Arkavy Reynolds Aufbahrung getroffen. Du hast bestimmt gehört, daß er gestorben ist. Er hatte Streit mit einem Penner auf der Jane Street, und der hat ihn dann umgelegt. Zwei Idioten. Kannst du dich an den Dikken erinnern?«

Basillio nickte und ging wieder an seine Arbeit. Ich starrte immer noch auf das Foto. Meine Güte, was für Erinnerungen da wieder hochkamen ... Madame Swoboda, wie sie genannt wurde, ... die über Stanislawskij und die Vision, die sie alle hatten, sprach ... daß ein Schauspieler seine Rolle im Inneren spüren muß ... daß er die Rolle nur dann authentisch spielen kann, wenn er seine eigene Kreativität, seine Schönheit, sein eigenes Leiden einsetzt, um die Figur von innen nach außen zu projizieren. Das war schlaues Zeug, und es war wundervoll.

Basillio unterbrach meine Erinnerungen. Er gab mir ein Bündel von Papieren, die gerollt waren und von einem weiteren Gummiband zusammengehalten wurden.

»Dies ist noch viel trauriger«, sagte er.

Ich hielt eines der Blätter oben und unten fest, damit

es sich nicht wieder aufrollen konnte. Es war ein handgeschriebener Brief.

Der Brief war an mich gerichtet.

Liebe Alice Nestleton,
Sie denken bestimmt, ich sei ein Blödmann. Sie denken, ich tanze Ihnen im Unterricht auf der Nase herum, um Sie zu ärgern. Merken Sie denn nicht, daß ich versuchen muß, mich in jeder Hinsicht von den anderen zu unterscheiden? Verstehen sie nicht, daß ich der einzige in dieser blöden Klasse bin, der weiß, daß Sie eine großartige Schauspielerin sind? Ich liebe Sie sehr, und ich habe Angst, es Ihnen zu sagen. Manchmal habe ich Phantasien, in denen Sie vorkommen … erotische Phantasien: Wir sind immer in einem Haus aus Schilfgras, das hoch über einer Bucht mit blauem Wasser liegt, das Haus steht auf Pfählen, und wir schlafen miteinander, und Sie tragen ein wunderschönes …

Ich hatte keine Lust, auch nur eine einzige Zeile weiter zu lesen. Ich rollte das Papierbündel zusammen und stopfte es in meine Tasche. Basillio hatte recht. Was gab es traurigeres als nicht abgeschickte Liebesbriefe von einem toten Jungen?

9

Es hätte eine Szene aus einem Melodram des 18. Jahrhunderts sein können. Ich saß auf der Bettkante. Die Liebesbriefe waren über das ganze Bett verstreut. Ich war buchstäblich unfähig, sie zu lesen, abgesehen von einigen einzelnen Zeilen. Es tat zu weh. Er hatte mich offensichtlich überhaupt nicht gekannt. Am deprimierendsten waren seine erotischen Phantasien, die er in allen schmerzlichen Einzelheiten beschrieb. Insgesamt waren es zweiundzwanzig Liebesbriefe.

Den ersten hatte er offenbar sofort nach der ersten Stunde in der New School geschrieben. Er beschrieb, was ich an diesem Tag getragen und was ich gesagt hatte. Bruce Chessler war älter gewesen, als ich gedacht hatte – ungefähr fünfundzwanzig. Und jetzt war mir auch klar, daß sein unmögliches Benehmen im Unterricht durch seine Verliebtheit und seinen psychischen Zustand bedingt gewesen war. Er war nicht in der Lage, zum Objekt seiner sonderbaren Begierde auf normale Weise Kontakt aufzunehmen – seine einzige Möglichkeit bestand darin, mich anzugreifen. Er hatte begriffen, daß er mich dadurch verunsicherte, und seine Briefe waren voller Entschuldigungen.

Ich wollte sie alle ganz und sorgfältig lesen, aber ich war nicht in der Lage dazu.

Basillio rief mich zwanzig Minuten vor Mitternacht an. Er erzählte mir, was er über Maria Swoboda, meine ehemalige Lehrerin, deren Bild wir sonderbarerweise unter Bruce Chesslers Sachen gefunden hatten, herausgefunden hatte. Sie war vor vier Jahren in Lakewood, New Jersey, gestorben. Nachdem ich aufgelegt hatte, sammelte ich total frustiert die Liebesbriefe ein und stopfte sie in eine meiner Kommoden. Der junge Mann war tot. Er hatte weder Familie noch Freunde. Seine Katze, die er mir als Zeichen seiner irregeleiteten Liebe geschenkt hatte, war verschwunden. Aber wenigstens ging es John Cerise besser.

Ich konnte bis zwei Uhr kein Auge zutun, und als ich dann endlich eingeschlafen war, hatte ich eine ganze Reihe von Träumen, in denen mein erster Freund in Minnesota vorkam, mit dem ich in einer Scheune knutschte, während meine Großmutter nur fünf Meter weiter hinter der Wand stand und keinen blassen Schimmer hatte, was drinnen vorging.

Mein erster Gedanke, als ich aufwachte, galt den Liebesbriefen: Ich wollte sie sorgfältig lesen. Aber ich ließ die Absicht wieder fallen. Es war zu offensichtlich, daß das etwas mit dem Traum zu tun hatte.

Den größten Teil der nächsten Stunde verbrachte ich damit, aus meinem Wohnzimmerfenster auf die Straße zu schauen, in der Hoffnung, Clara irgendwo zu entdecken. Vielleicht war sie wirklich nur auf die Straße gelaufen und ernährte sich jetzt aus Mülltonnen. Vielleicht lebte sie jetzt wild in einem der zugewachsenen Hinterhöfe, die wie eine Narbe zwischen den beiden Häuserreihen, die an der Straße stehen, hindurchlaufen und die man nur von den Wohnungen im Erdgeschoß oder durch die inneren Flure der Häuser oder über die Feuerleitern einsehen und erreichen kann. Warum nicht? Es konnte gut sein, daß sie dort war. Aber ich sah kein Tier, daß der merkwürdigen weißen Katze, die Chessler mir gebracht hatte, auch nur im entferntesten ähnelte.

Als ich es endlich geschafft hatte, mit diesem blödsinnigen Starren aus dem Fenster auf der Suche nach Clara aufzuhören, fiel ich in eine ganz tiefe, nervöse Depression. Ich fing an, im Wohnzimmer hin und herzulaufen, wobei ich jedes Mal über Bushy steigen mußte. In meiner Erregung lief ich so schnell, daß sogar Pancho einen seiner Sprints unterbrach, um mich nachdenklich zu beobachten. Vielleicht dachte er: Na, jetzt sieht sie mal, was ich jeden Tag durchmache. Sie hat endlich gemerkt, daß sie auch hinter ihr her sind.

Das letzte Mal, daß ich mich so elend gefühlt hatte, war zu Beginn der Proben für *Romeo und Julia* in Montreal gewesen. Ich hatte Angst gehabt, daß der Regisseur meine Interpretation der Amme von vornherein ganz fürchterlich finden würde.

Ich hörte mit dem nervösen Gerenne auf. Mir wurde eines klar: Wenn niemand von Bruce Chesslers Familie hatte ausfindig gemacht werden können, um seine Sachen abzuholen oder seine Leiche zu identifizieren, dann gab es auch niemanden, der sich um das Begräbnis gekümmert hatte. Und das bedeutete, daß der junge Mann in einem schrecklichen Armengrab auf einer dieser kleinen Inseln im East River gelandet war. Ich hatte einmal über diese Gräber gelesen: Sträflinge von Rikers Island müssen die Gruben ausheben, und dann läßt man die namenlosen Leichen – die meisten stammen aus Bowery und Umgebung – einfach hineingleiten.

Die Vorstellung war unerträglich. Aber es war zu spät. Der junge Mann war längst begraben.

Allmählich verlor ich die Kontrolle über meine Gedanken. Ich dachte an das Schilfgrashaus aus einer der erotischen Phantasien des jungen Mannes. Und zum ersten Mal kam mir der Ort bekannt vor. Kam das in einem Stück von Yeats vor? Oder von Euripides? Ich kam nicht drauf.

»Bum! Bum!« hatte die Hausmeisterin gesagt. In einer Bar erschossen.

Warum war Bruce Chessler gestorben? Das war die Frage, von der alles abhing. Meine nervöse Depression war wie weggeblasen, und ich konzentrierte meine gesamte Energie auf diese Frage. Warum mußte ich das unbedingt wissen? Weil er in mich verliebt gewesen war? Weil ich seine Liebe nicht erwidert hatte? Waren es Schuldgefühle? Altmodische, nervtötende Schuldgefühle?

Warum war Bruce Chessler gestorben? Vergiß die weiße Katze. Vergiß, daß John Cerise zusammengeschlagen worden ist. Vergiß das Foto der alten Schauspiellehrerin. Vergiß die Liebesbriefe. Vergiß die Aufbahrung von Arkavy Reynolds. Vergiß Bruces scheußliches Benehmen im Unterricht. Vergiß alles.

Warum war er gestorben? Warum?

Niemand beantwortete meine Fragen. Es gab kein *quid pro quo*.

Ich nahm den Telefonhörer und wählte mehrere Nummern bei der New Yorker Polizei, die im Telefonbuch standen. Ich wurde zuerst mit einem Beamten für allgemeine Auskünfte verbunden, dann mit dem Assistenten eines Bezirkschefs, dann mit dem zivilen Prüfungsausschuß und dann mit einem Abteilungssprecher (was immer das sein mag), bis ich schließlich, Stunden später und völlig erledigt, einen Detective namens Harold Hanks an der Strippe hatte. Er war in Eile.

Er fragte mich, ob ich eine Verwandte von Bruce Chessler sei.

Ich verneinte.

Dann fragte er mich, ob ich irgendwelche sachdienlichen Hinweise in der Mordsache geben könne.

Ich verneinte.

Dann war er wirklich schrecklich in Eile, weil er mich unbedingt loswerden wollte. Ich begann, eine meiner Theaterrollen zu spielen: eine Frau, die einen

Sohn verloren hat ... ein Kind ... einen Schüler ... einen so talentierten jungen Mann, der plötzlich nicht mehr da ist, usw. usw.

Um mich endlich loszuwerden, sagte er, daß er um zwei Uhr im Gramercy-Park-Hotel sein müsse und daß wir uns an der Ecke, wo die Lexington Avenue auf den Park trifft, gegenüber des Hotels, verabreden könnten.

Und so traf ich Harry Hanks, einen dünnen, nervösen Schwarzen. Er wartete schon auf mich, als ich ankam, und er machte ein Gesicht, als ob ich zu spät dran sei – aber ich war pünktlich auf die Minute.

»Also, Bruce Chessler war ein Schüler von Ihnen?« fragte er.

»Ja.«

»Und er war ein sehr vielversprechender Schüler ... er hatte eine große Karriere vor sich ... das haben Sie doch am Telefon gesagt?«

»Ja.«

»Erzählen Sie mir keine Märchen, ich bin müde. Okay. Jetzt sage ich Ihnen, was ich weiß. Der Typ handelte ab und zu mit Speed – vor allem Pillen, Amphetamin und anderes Zeug, wissen Sie. Er wurde bei einem Streit erschossen, der irgendwas mit Drogen zu tun hatte. Chessler sitzt an einem Tisch ganz hinten in einer Bar, Halliday's, Ecke Eighth Street und First Avenue. Ungefähr um drei Uhr morgens kommt ein Typ mit einem Bart, so um die Fünfzig, herein und setzt sich neben ihn. Chessler und er reden. Dann streiten sie sich. Dann schießt der Typ dem Jungen in den Kopf und geht raus. Die Waffe ist eine halbautomatische Pistole, Kaliber fünfundzwanzig. Wir haben vierhundert Tabletten bei dem Jungen gefunden und sechshundert Dollar in bar.«

Eine Fünfundzwanzig-Kaliber-Halbautomatik? Auf meiner Stirn brach kalter Schweiß aus.

Hanks packte einen Streifen Kaugummi aus, faltete ihn und steckte ihn in den Mund. Das bedeutete wohl, daß er das Gespräch für beendet hielt. Das war alles, was er wußte, und er hatte nicht die geringste Absicht, die ganze Sache noch einmal von vorn bis hinten durchzusprechen.

Dann grinste er und sagte: »Ach ja, was ich vergessen habe: Der Junge war auch ein arbeitsloser Schauspieler.«

»Ja, das weiß ich.« Meine Stimme klang fremd.

»Ich glaube, mehr haben wir uns nicht zu sagen.«

»War die Pistole eine Beretta?« fragte ich ruhig.

»Ja. Woher wissen Sie das?«

»Ich habe es mir gedacht.« Als er die Fünfundzwanzig-Kaliber-Halbautomatik erwähnte, war mir die Parallele sofort eingefallen. Es kam mir plötzlich sehr merkwürdig vor, daß Arkavy Reynolds und Bruce Chessler beide mit demselben Waffentyp erschossen worden waren. Und daß der eine zu des anderen Aufbahrung gekommen war.

»Diese Art von Fällen«, sagte Hanks herablassend, »werden entweder acht Jahre später zufällig aufgeklärt oder überhaupt nicht. Speed tötet, sagt der Volksmund.« Er ging. Es war furchtbar heiß. Ich blickte auf die andere Straßenseite durch das Gitter in den eleganten Park. Zwei weißgekleidete Kindermädchen drehten mit ihren Kinderwagen eine Runde nach der anderen. Warum war Bruce Chessler gestorben?

10

Ich brauchte sechs Stunden, um Detective Felix von der South-Manhattan-Mordkommission ausfindig zu machen und mich mit ihm zu verabreden. Er war einer der beiden Polizisten, die mich nach meinem Unterricht in der New School aufgesucht hatten und mich gebeten hatten, die Leute, die zu Arkavy Reynolds Aufbahrung gekommen waren, auf den Fotos zu identifizieren. Detective Felix erklärte sich erst bereit, zu mir nach Hause zu kommen, nachdem ich ihm mitgeteilt hatte, daß ich ein paar wichtige Hinweise im Mordfall Arkavy Reynolds hätte.

Er schien nervös, als er meine Wohnung betrat, und in seine Augen glomm ein kleines bißchen Angst auf, als er Bushy sah. »Er beißt nicht, und er kratzt nicht«, sagte ich. Detective Felix trug ein blitzsauberes blaues Hemd mit offenen Kragen und einen hübschen grauen Anzug aus weich fließendem Material. Er war wirklich ganz anders als Detective Hanks! Er stellte mir ein paar Fragen nach dem aktuellen Stand meiner Theaterkarriere, dann setzte er sich vorsichtig auf mein Sofa, sehr vorsichtig, als ob die Katzen irgendeine fürchterliche Krankheit auf ihn übertragen könnten.

Als er sich endlich gesetzt und geziert sein Jackett aufgeknöpft hatte, fragte er: »Können Sie sich an ein Theaterstück über Jeanne d'Arc mit Julie Harris in der Hauptrolle erinnern?«

»Ja«, antwortete ich, »aber ich habe den Namen des Stücks vergessen. Ich glaube, das war vor Ihrer Zeit. Haben Sie es gesehen?«

»Nein«, gab er zu. Dann herrschte ein paar Sekunden unangenehme Stille. Er betrachtete mich sehr eingehend.

»Okay, was haben Sie für mich?«, fragte er schließlich.

Haben? Wollte er Kaffee? Kakao? Ein Bier? Dann fiel mir wieder ein, daß Polizisten eben so reden.

»Dieser junge Mann, dieser Schüler von mir, der zu Arkavys Aufbahrung in dieses Beerdigungsunternehmen gekommen war ... er ist wenige Tage später mit einer Beretta erschossen worden, Kaliber fünfundzwanzig, Halbautomatik. Das ist dieselbe Waffe, mit der Ihr Spitzel umgebracht wurde.«

Felix brach in schallendes Gelächter aus. »Das ist heutzutage eine sehr verbreitete Waffe. Das ist eine Frage der Mode. Heute ist es eine zweiundzwanziger Longs ... morgen benutzen die bösen Buben dreihundertsiebenundfünfziger Magnums. Und im Moment ist es die fünfundzwanziger Beretta. Da sehen Sie's.«

»Haben Sie eine ballistische Untersuchung der Kugeln durchführen lassen?« fragte ich und versuchte, kompetent, aber nicht vorwurfsvoll zu wirken.

»Nein! Warum sollten wir? Damals gab es doch keinen Zusammenhang. Die Morde sind an verschiedenen Orten geschehen und fallen in unterschiedliche Zuständigkeitsbereiche. Und jetzt können wir diese Untersuchung auch nicht mehr durchführen. Das ist zuviel Papierkram, und wir brauchen zuviele verdammte Unterschriften, außerdem haben wir keine hinreichende Veranlassung.«

Ich setzte mich endlich ans andere Ende des Sofas. Detective Felix schien sich jetzt noch unbehaglicher zu fühlen. Er fuhr sich mit einer Hand durch seine exakt geschnittene Kurzhaarfrisur. Man konnte noch die Linien sehen, die die Schere hinterlassen hatte.

»In der New School haben Sie mir gesagt, daß Arkavy ein Polizeispitzel geworden sei. Ich nehme an, das heißt, daß er wegen irgend etwas verhaftet worden war und Sie die Anklage haben fallenlassen, weil er sich bereit erklärt hat, mit der Polizei zusammenzuarbeiten?«

»Ja.«

»Was hatte er verbrochen?«

»Besitz von Amphetamin mit Verkaufsabsicht.«

Ich atmete tief durch. »Also«, sagte ich, »der junge Mann, Bruce Chessler, handelte auch mit Amphetaminen. Als er umgebracht wurde, hatte er ein paar Hundert Pillen dabei.«

»Wollen Sie damit sagen, daß der Dicke und ihr Schüler Geschäftspartner waren?«

»Warum hätte er sonst zu der Aufbahrung gehen sollen?«

Detective Felix lächelte mich mitleidig an, als ob ich eine bedauernswerte Geisteskranke sei, dann sagte er: »Meinen Sie, da wäre Speed im Sarg versteckt gewesen? Oder meinen Sie, Dealer erweisen sich gegenseitig die letzte Ehre, weil sie so voller Mitleid sind?«

Jetzt fühlte ich mich wirklich wie eine Idiotin, weil ich gedacht hatte, daß Bruce Chessler aufgrund einer tiefen Bindung zu dem Toten in das Beerdigungsinstitut gekommen war, um einer verlorenen Tradition die letzte Ehre zu erweisen, die der dicke Mann für ihn repräsentierte. Und weil ich gedacht hatte, die gemeinsame Verbindung zum Rauschgift sei ein wichtiger Hinweis für den Detective – einer, den er logisch finden, wo er anbeißen würde. Aber ich hatte mich wieder einmal geirrt.

»Und außerdem«, fuhr Felix fort, wobei er ein bißchen ängstlich zu werden schien, weil Bushy begonnen hatte, steifbeinig das Sofa zu umrunden, »hatte Arkavy das Zeug seit zwei Jahren weder angefaßt noch damit gehandelt.«

»Sind Sie sicher?«

»Natürlich bin ich sicher«, sagte er verächtlich, »ich habe nämlich sogar versucht, ihm ein bißchen was zukommen zu lassen, um ihn bei Laune zu halten, aber er hat gesagt, daß er jetzt andere Dinge hat, die ihn aufbauen.«

»Was für Dinge?«

»Jungen vielleicht«, sagte er, »oder vielleicht auch ältere Schauspielerinnen.«

Ich errötete. Seine Bemerkung machte mich wütend, aber vielleicht hatte er es nicht so gemeint. Er fing an, sich ein bißchen wie Bruce Chessler zu benehmen. Hoffentlich verliebte er sich nicht in mich.

Ich stand vom Sofa auf, setzte mich an den großen Eßtisch vor der Wand und blätterte in einigen Papieren.

»Okay«, sagte ich schließlich, »es tut mir leid, daß Sie Ihre Zeit verschwendet haben.«

Er stand schnell auf. »Schauen Sie ... danke für die Informationen. Wenn Sie noch irgend etwas herausbekommen, lassen Sie es mich oder meinen Partner wissen. Vielleicht haben die beiden einander ja gekannt. Vielleicht haben sie wirklich zusammengearbeitet, als der Dicke noch in der Branche war. Warum nicht? Aber was die fünfundzwanziger Beretta betrifft... das heißt gar nichts. Es gibt draußen Tausende dieser Pistolen. Und wenn dir einer das Hirn wegbläst – warum dann nicht mit einer von denen? Und außerdem werden Dealer und Junkies früher oder später immer erschossen.«

»Aber ich dachte, Sie hätten Interesse daran, seinen Mörder zu finden?«

»Das haben wir auch.«

»Aber wenn es immerhin möglich ist, daß derselbe Mann, der Reynolds ermordet hat, auch Chessler umgebracht hat ... auch wenn die Wahrscheinlichkeit sehr gering ist ... sollten Sie dann nicht anfangen, sich auch mit dem Fall Chessler zu beschäftigen? Ich kenne den Detective, der den Fall bearbeitet. Er heißt ...«

Felix hob die Hand und unterbrach mich. »Wir werden den Mörder des Dicken schon finden, glauben Sie mir.«

Er knöpfte sein Jackett sorgfältig wieder zu, ein Zeichen, daß die Unterhaltung beendet war. Ich begleitete ihn zur Tür und hörte ihn die Treppe hinunterrennen, als ob er soeben einer Irrenanstalt entronnen wäre.

Das Treffen mit ihm hatte mich erschöpft. Wieder einmal merkte ich – eine Lektion, die ich wohl wieder und wieder lernen muß –, daß die Polizei mit mysteriösen Fällen nicht umgehen kann. Sie meiden sie wie die Pest. Sie brauchen festumrissene Fakten. Sie meiden undurchsichtige Menschen und ungeklärte Todesfälle und verborgene Verbindungen. Wie eine Katze, die sich auf einen Rosenstrauch zubewegt. Nicht die New Yorker Polizei, nein, ich würde Licht in dieses Dunkel bringen.

11

»Hör zu, Schwedenmädel, du bist unvernünftig. Hast du dir das auch gut überlegt?« sagte Basillio, während sein Fuß mit Bushys Schwanz spielte. Bushy ignorierte ihn. Pancho fixierte den Fremden von seinem

Platz unter dem Tisch, wo er hockte, immer auf dem Sprung zu fliehen.

Ich hatte Basillio angerufen und ihn gebeten rüberzukommen, obwohl es von Fort Lee eine lange Fahrt war und seine Frau sicher nicht erfreut darüber sein würde. Ich hatte ihm erzählt, was ich vorhatte. Ich wollte nur einer Frage nachgehen: Warum war der junge Mann gestorben? Ich hatte ihm erzählt, daß ich beabsichtigte, eine Zeitlang in der Bar herumzuhängen, in der Bruce Chessler umgebracht worden war. Ich hatte ihm gesagt, daß ich seine Hilfe brauchte. Ich brauchte ihn als Begleiter, als Deckung, wenn wenn man so will.

»Schwedenmädel, hör zu. Dies hier ist etwas anderes als die Mordfälle draußen auf Long Island. Die Polizisten dort standen vor einem Rätsel, und jeder Schluß, den sie zogen, war blödsinnig. Du mußtest einfach eingreifen. Das war eine Frage der ...« Er zögerte, suchte nach dem richtigen Wort und sagte dann: »... der Gerechtigkeit. Wenn du dich nicht eingemischt hättest, hätten sie die Mörder nie gefunden. Die ganze Sache war viel zu mysteriös, viel zu merkwürdig, als daß die Polizei da hätte durchblicken können. Aber hier ist ein junger Dealer ermordet worden, und damit beschäftigt sich die Polizei jeden Tag. Sie haben keinerlei Veranlassung, sich mit dem auseinanderzusetzen, was du erzählst.«

»Willst du mir jetzt helfen oder nicht«, insitierte ich.

»Dieser Junge, dieser Chessler, – es ist mir völlig egal, ob er in dich verliebt war. Und es ist mir auch egal, ob er ein arbeitsloser Schauspieler war, der ein Foto deiner ehemaligen Lehrerin besaß. Er war ein Junkie, ein Drogenhändler. Hier gibt es kein Durcheinander, da muß man kein Puzzle zusammensetzen. Da ist einfach nur ein verdammtes Drogengeschäft danebengegangen. Der Junge hatte Hunderte von Pillen und einen Haufen Dollars in der Tasche. Er war ein Dealer. Und im Grunde weißt du, warum er starb und wie er starb. Es ist, wie der Polizist dir gesagt hat: ›Speed tötet‹.«

Er war so erregt, daß er mich fast anbrüllte.

»Reg dich ab, Tony.«

»Ist gut, ich bin ja ruhig. Laß uns in Ruhe drüber reden. Glaubst du wirklich, sie haben ihn wegen einer komischen weißen Katze umgebracht?«

»Ich weiß es nicht«, sagte ich, und das war die Wahrheit. Der Zusammenhang mit Arkavy Reynolds – ob er nun eingebildet oder real war – hatte meine Höhenflüge der Phantasie und Intuition ziemlich eingedämmt.

Basillio fing an, in der Wohnung herumzulaufen. Dabei schüttelte er den Kopf.

»Tony, erinnerst du dich an Theresa Lombardo?«

»Nein. Müßte ich?«

»Denk doch mal nach. Du erinnerst dich doch an den Theater-Workshop. Fällt sie dir wieder ein?«

Er blieb stehen und sah mich an. »Die kleine Dunkle? Sie war eine sehr gute Schauspielerin. Stimmt's?«

»Kannst du dich daran erinnern, wie verrückt sie danach war, Schauspielerin zu werden? Nichts auf der Welt bedeutete ihr irgend etwas: nur das Theater.«

»Viele von uns haben damals so gedacht.«

»Ja. Aber Theresa war ein sehr armes Mädchen. Kannst du dich erinnern, wie sie ihr Geld verdiente?«

»Nein.«

»Sie ging auf den Strich.«

»O nein ... die alte Herz-und-Schmerz-Geschichte.

Du willst mir doch nicht erzählen, daß der Junge Speed verkaufte, weil er das Theater so sehr liebte?«

»Ich weiß nicht. Ich weiß gar nichts über ihn. Und die Polizei auch nicht. Ich sage ja nur, was ich denke.«

»Worüber?«

»Über Leute vom Theater. Über Schauspieler und Schauspielerinnen und Regisseure. Über ihre Köpfe und ihre Herzen.«

Er setzte sich auf das Sofa. Unser Gespräch hatte ihn offensichtlich ermüdet.

Dann sagte er: »Jetzt sage ich dir mal, was ich denke. Ich sitze hier, ein zweiundvierzigjähriger, gescheiterter Bühnenbildner, der mehr Geld verdient, als er ausgeben kann. Und womit? Indem ich ganz einfach Fotokopien von Geschäftsberichten mache. Und ich sitze hier und rede mit einer einundvierzigjährigen Schauspielerin mit riesigem Talent, die gezwungen ist, Catsitter zu spielen, um durchzukommen, weil sie nämlich weder den Broadway noch Hollywood, noch all das, wofür diese beiden Orte stehen, ausstehen kann und weil sie wild entschlossen ist, ihren eigenen Avantgarde-Weg zu gehen, wenn sie nicht gerade merkwürdige Kriminalfälle löst... Hier sitzen wir beide und reden über einen jungen Dealer, der umgelegt worden ist ... Merkst du denn nicht, wie verrückt das alles ist?«

Er beugte sich vor und betrachtet Bushy, der wie eine ägyptische Katze in Übergröße auf den Hinterpfoten saß. Wahrscheinlich hatte ihn Tonys Rhetorik so beeindruckt. Bushy kann übertriebenes Gerede nicht ausstehen. Es stört ihn bei seinen Nickerchen.

»Ich hoffe sehr, Schwedenmädel«, fuhr er fort, »daß du, wenn ich eines Tages von einem unzufriedenen

Kunden umgelegt werde, sofort Nachforschungen anstellst, warum ich sterben mußte. Denn ich habe dich schließlich auch geliebt.«

»Aber du hast mir nie Briefe geschrieben, die du dann nicht abgeschickt hast«, gab ich zurück.

»Woher willst du das wissen«, sagte er, und plötzlich fühlte ich mich sehr unbehaglich.

Es folgte eine langes, unangenehmes Schweigen. Basillio fing an, mit seinen Autoschlüsseln zu spielen.

»Okay, ich übernehme die Rolle.«

»Danke, Tony.«

»Aber denk daran, daß bei mir nach zwei Drinks Feierabend ist. Wenn ich also mit dir in diese Bar gehe, und du nicht aufpaßt, und ich mehr trinke, und ich dann die Kontrolle über mich verliere – dann wirst du es ausbaden müssen.«

Und dann ging er, ohne ein weiteres Wort, weder zu mir noch zu Bushy, noch zu Pancho.

12

Wenn man das *Halliday's* betritt, sieht man zuerst den Zigarettenautomaten auf der linken Seite. Rechts ist eine kleine, hufeisenförmige Theke mit einem Spiegel und einem Fernseher dahinter. Die Wände sind mit langweiligen Bierreklamen tapeziert. Eine originelle neue Jukebox steht an der linken Wand. Hinter einem Raumteiler folgt dann das öffentliche Telefon und das »Restaurant«: Tische, zwei Nischen, Flipperautomaten, Videospiele. Essen wird hier aber nicht serviert. Und es stehen nur drei Flaschenbiere auf der Karte. Tagsüber ist der Laden eine ganz normale Eckkneipe: Ukrainer, verlorene Seelen, Leute, die zufällig vorbeikommen. Zwischen sieben und acht Uhr abends kommt dann das jüngere Publikum: Macker in schwarzem Leder, Musiker, junge Schlips-und-Kragen-Typen, Studenten, Architekten, Stadtplaner, Dichter und ein reichhaltiges Angebot komischer Typen aus allen Bereichen der Kunstszene.

Die Barkeeper sind alle Osteuropäer – und alle klein. Es gibt weder Kellner noch Kellnerinnen. Man holt seinen Drink an der Theke und bringt ihn zu einem der kleinen Tische, oder man steht einfach nur herum und trinkt. Es gibt zwei Rausschmeißer: Einer ist ein fetter, stiller, fauler Slawe, der andere ist ein dünner Typ, der eher als Hilfskellner fungiert, die Gläser einsammelt und Aschenbecher ausleert. Der vordere Teil des Etablissements ist recht gut beleuchtet; im »Restaurant« ist es ziemlich schummerig.

Es war Dienstagabend halb acht, als Basillio und ich den Laden betraten. Wir holten an der Bar zwei Cocktails – Bloody Marys – und gingen an einen der Tische im hinteren Teil.

Es wurde allmählich voll. Basillio hatte sich unser Inkognito ausgedacht: Ein komisch gekleidetes Ehepaar aus New Jersey, auf der Suche nach der echten East-Village-Atmosphäre, begierig, die Leute aus dem Viertel kennenzulernen und in das einzutauchen, was das East Village noch immer verspricht – eine große Woge unverdünnten Bohème-Flairs. Basillio trug einen Anzug und eine exotische Krawatte. Ich war mit jeder Menge Schmuck behängt und hatte eine ausgefallene, sehr durchsichtige Seidenbluse an, die ausnehmend sexy war, und seidene Hosen. Außerdem trug ich hohe Absätze, was meine sowieso schon außergewöhnliche

Größe ins Amazonenhafte steigerte. Für meinen Geschmack war das alles ein bißchen übertrieben, aber Basillio war begeistert von seiner Rolle als Regisseur und den Kostümen.

»Mein Gott«, flüsterte Basillio mir zu, »das sieht hier ja aus wie ein Bühnenentwurf für *Lost Weekend*, gemalt von einem, der nur mit Buntstiften umgehen kann. Es könnte sein, daß ich das Stück falsch interpretiert habe.«

Eine Stunden verging. Die Tische und Nischen füllten sich. Die Bar war proppenvoll. Der Geräuschpegel stieg unaufhaltsam. Wir konnten Gesprächsfetzen auffangen – über Bilder, Theaterstücke, Sport, die U-Bahn, Bücher, wer heute hier war und warum.

»Ich möchte ja nicht unhöflich sein, aber wonach zum Teufel suchen wir eigentlich hier?«

»Stammgäste«, sagte ich. »Ich will rauskriegen, wer hier Stammgast ist und Bruce Chessler vielleicht gekannt hat.«

Er nickte und grinste. »Erinnerst du dich an die Bar in der West Side, wo wir immer nach dem Workshop hingegangen sind?«

»Ja, natürlich«, erwiderte ich. »Das war in einem deiner früheren Leben, Tony, als du noch ein schauspielernder Barbesucher warst.«

Wir plauderten über die alten Zeiten, über die Katze, die er in einer Einkaufstasche mit in den Unterricht zu bringen pflegte, über unsere Lehrer, über alte Bekannte, die wir beide nie wiedergesehen hatten. Diese verdeckten Ermittlungen begannen mir Spaß zu machen.

Gegen zehn Uhr hatten wir drei mögliche Stammgäste identifiziert: ein junges Pärchen, ganz in Schwarz gekleidet, das in der Nische neben uns saß, über den Tisch Händchen hielt und leise und leidenschaftlich miteinander sprach; eine kleine, dünne Schwarze mit kahlgeschorenem Kopf, die im Halbdunkel an einem der Tische saß und mit einem Bleistift herumkritzelte; und einen sehr alten Mann, der Probleme mit der Atmung hatte und eine Tasche mit dem Logo der New York Mets dabei hatte.

Wir verließen die Bar gegen halb zwölf und kamen die nächsten beiden Abende wieder.

Am dritten Abend bedankte ich mich bei Basillio und entließ ihn aus meinen Diensten, weil ich wußte, daß die schwarze Frau diejenige war, an die ich mich wenden mußte – sie saß jeden Abend am selben Platz, hatte immer denselben Bleistift in der Hand und die gleiche Flasche Bier vor sich stehen, die sie aber so gut wie nie anrührte.

Sie hieß Elizabeth und lächelte, als ich fragte, ob ich mich zu ihr setzen könne. Sie nannte offen ihren Namen und machte fast den Eindruck, als ob sie auf Gesellschaft gewartete hätte und sich jetzt freute, welche zu haben.

Sie sagte, sie sei Dichterin. Und was wäre ich? Schauspielerin, sagte ich. Sie nickte mitfühlend, als ob ich gesagt hätte, daß ich Tuberkulose oder eine andere unheilbare Krankheit hätte.

»Ich habe beobachtet«, sagte ich, »daß Sie niemals Ihr Bier trinken.«

»Ich trinke keinen Alkohol.«

Ich wußte nicht, was ich sagen sollte. Mir fiel nur ein, sie zu fragen, warum sie dann nicht in einem Café saß statt in einer Bar, aber ich entschloß mich dagegen und sagte gar nichts.

»Und ich esse auch nur einmal am Tag«, fügte sie hinzu, »denn ich bin Schülerin von Pantajali, und der Appetit ist auch nur eine dieser Gewohnheiten, die wir ablegen müssen.«

»Wer ist Pantajali?« fragte ich.

Sie lächelte mich mitleidig an, als ob meine Unwissenheit ja eigentlich nicht mein Fehler wäre, sondern eher eine Konsequenz meines Alters, meiner Größe und meines schlechten Geschmacks in Kleiderfragen. Sie trug ein ganz einfaches, enges Kleid mit Sonnenblumenmuster.

»Pantajali war der Begründer der Joga-Philosophie.«

»Aha«, antwortete ich und versuchte, möglichst entschuldigend zu klingen.

»Es war Pantajali, der als erster erkannt hat, daß der Grund für die erste große kosmische Katastrophe in der Tatsache liegt, daß sich das Bewußtsein mit der Materie verbunden hat.«

Elizabeth sprach sehr deutlich, mit einem sehr merkwürdigen Akzent, dessen Ursprung ich nicht ausmachen konnte. Vielleicht war es auch reine Affektiertheit, denn sie war ganz offensichtlich ein bißchen exzentrisch – aber gleichzeitig war es sehr charmant, und ihre Stimme war leise und klangvoll. Es war ein Vergnügen ihr zuzuhören.

Und doch mußte ich endlich zur Sache kommen.

»Waren Sie vor ein paar Tagen auch hier, als dieser junge Mann erschossen wurde?«

»Ja, natürlich«, sagte sie. »Natürlich war ich hier, am selben Platz.«

Wir schwiegen für einen Moment.

»Kannten Sie ihn?«

»Wir haben uns mal unterhalten.«

»Ich möchte mehr über ihn erfahren«, sagte ich.

»Warum?«

Ich log sie nicht an. Ich sagte ihr die Wahrheit, nach bestem Wissen und Gewissen. Ich erzählte ihr, daß er einer meiner Schüler an der New School gewesen war und daß er sich in mich verliebt hatte. Daß ich einfach nur herauskriegen wollte, warum er gestorben war.

»Wieso?« fragte sie und beugte sich dabei federnd vor. »Er ist gestorben, weil die Karmakräfte total in Unordnung geraten sind. Schauen Sie sich doch mal um.«

Ich ging nicht auf ihren philosophischen Ansatz ein. »Die Polizei hat mir gesagt, daß er Streit mit einem älteren Mann bekommen hat und daß der ihn erschossen hat«, sagte ich.

»Genauso war es«, bestätigte sie.

»Und Sie waren dabei?«

»Ich saß hier«, präzisierte sie, »genau hier. Und er wurde da erschossen, genau da, wo ich jetzt hinzeige.«

»Und was haben Sie getan?«

»Nichts.«

»Was ist dann passiert?«

»Sie sind gekommen. Die Polizei und der Notarztwagen. Aber er war schon tot. Er hatte ein Loch in der Stirn. Er war tot.«

Sie langte über den Tisch und tätschelte meine Hand, als ob ich ein kleines Kind wäre.

»Hatte er Freunde? Kam er immer allein hierher?«

»Manchmal kam er mit einer Frau.«

»Wer ist sie?«

»Sie heißt Risa.«

»Ist sie jetzt hier?«

»Nein. Ich habe sie schon eine ganze Weile nicht gesehen. Sie war auch an dem Abend nicht da, als er erschossen wurde.«

»Wissen Sie ihren Nachnamen?«

»Makros haben keine Nachnamen.«

Ich verstand nicht, was sie meinte.

»Was ist ein ›Makro‹?«

»Sie ist Makrobiotikerin. Sie ißt immer in diesem Restaurant in der Second Avenue. *Sarah's* – das Vollwertrestaurant.

Dann fing sie an, mir klarzumachen, wie albern es wäre, mit meinen Ermittlungen fortzufahren. Daß es egal sei, ob der junge Mann mich geliebt hatte – denn die Liebe an sich sei absurd. Sie sei inhaltslos, selbstlos und besitzlos, lediglich ein Reflex, da sie nur auf Ursache und Wirkung beruhe. Die Liebe sei wie ein Feuer, das sich selbst verbrenne.

»Können Sie mir sagen, wie Risa aussieht«, unterbrach ich ihren Philosophievortrag, den sie mit heftigen Bewegungen ihres Bleistifts begleitete.

»Risa ist klein und dicklich und hat rote Haare«, sagte Elisabeth und deutete mit einer Handbewegung an, daß sie eine Punkerfrisur mit hochstehenden Haaren habe.

Ich lehnte mich zurück. Endlich hatte ich eine Spur: Ich kannte Namen und Aussehen einer Frau, die Bruce gut gekannt hatte. Ich wollte sofort aus der Bar in das Vollwertrestaurant stürzen, aber es war mir klar, daß es inzwischen geschlossen haben würde. Morgen war auch noch ein Tag. Und ich wollte Elizabeth nicht alleinlassen. Ich hatte sie liebgewonnen. Sie hatte etwas an sich … wie eine Katze, die um einen Teller mit merkwürdig riechendem Futter herumschleicht. Und vielleicht wußte sie ja noch mehr.

»Haben Sie ihn jemals mit einem ausgeflippten Dikken gesehen? Ein Mann mit einem Overall und Hemd und Krawatte und einer Taxifahrermütze?«

Sie schien intensiv nachzudenken und zu versuchen, Arkavy Reynolds Person vor ihrem inneren Auge erscheinen zu lassen.

»Schwarz oder weiß?« fragen sie unvermittelt.

»Weiß«, antwortete ich.

»Nein.« Dann lachte sie. »Wenn er schwarz gewesen wäre, hätte es gut einer meiner Onkel sein können.« Sie kicherte unsicher und fiel in Schweigen. Wir saßen zusammen und fühlten uns komischerweise dabei ganz wohl.

»O, schauen Sie mal da«, sagte sie plötzlich und zeigte auf die Theke.

Ich folgte ihrem Finger mit den Augen, sah aber nichts und wandte mich ihr wieder zu, um sie zu fragen, aber sie war mit den Gedanken schon wieder ganz woanders.

Ja, sie war wie eine Katze, die um verdächtiges Futter herumschleicht. Ich blieb noch zwei Stunden und hörte mir ihre Vorträge über Kosmos, Karma und Ernährung an, die sie stoßweise vorbrachte und die immer wieder von längeren Pausen unterbrochen wurden.

Dann bedankte ich mich überschwenglich bei ihr und ging nach Hause. Die nächste Etappe war Risa.

13

Zuerst, als ich sie durch die Fensterscheibe sah – ich stand vor dem Lokal und schaute hinein –, dachte ich, wie komisch es doch war, daß Bruce Chessler mit diesem Mädchen zusammengewesen war und sich dann in mich verliebt hatte.

Sie war wirklich dick, sehr jung und sehr punky, und ihre Haare waren sehr rot.

Von hier draußen konnte ich nicht genau erkennen, was sie auf ihrem Teller hatte – es sah aus wie Algen, Naturreis und Sprossen. Sie aß langsam und bewußt und kaute gründlich.

Ich mag Makrobiotiker, obwohl ich nicht die leiseste Ahnung habe, was sie eigentlich machen: weder in geistiger noch in ernährungswissenschaftlicher Hinsicht. Denn es ist doch so: Wenn der Mensch nicht ist, was er ißt, was ist er dann? Natürlich habe ich nie auch nur eine Minute an diesen ganzen Unfug geglaubt. Ein Produzent fragte mich einmal, ob ich Makrobiotikerin sei. Ich verneinte, und er meinte, daß Leute, die so extrem dünn sind wie ich, meist entweder unter Magersucht leiden oder sich makrobiotisch ernähren. Ich sagte, bei mir läge es einfach nur daran, daß ich so arm sei. Er fand das überhaupt nicht witzig. Seine Theorie taugte überhaupt nichts. Hier war der Beweis: Risa, eine dicke Makrobiotikerin.

Sarah's war bis auf den letzten Platz besetzt. Ich wartete draußen, insgesamt eine Dreiviertelstunde, bis die junge Frau endlich ihren Teller leergegessen und alles gründlich gekaut hatte. Dann kam sie raus.

Ich wartete, bis sie anfing, die Eighth Street in westliche Richtung zu gehen, dann marschierte ich entschlossenen Schrittes hinter ihr her, bis ich schließlich auf gleicher Höhe war.

»Entschuldigen Sie, kannten Sie Bruce Chessler?« Ich dachte, direkt zu sein wäre das beste.

Sie blieb ruckartig stehen, als ob sie einen Schlag mit

einem stumpfen Gegenstand bekommen hätte. Sie drehte sich um und starrte mich an.

»Nein, ich kannte ihn nicht. Ich war mit ihm im Bett, aber ich kannte ihn nicht. Wer zum Teufel sind Sie?«

»Alice Nestleton. Seine Lehrerin in der New School.

»O, seine große, unglückliche Liebe«, sagte sie ironisch.

»Kann ich Sie einen Augenblick sprechen?«

»Worüber wollen Sie denn reden? Was gibt es denn noch zu sagen? Er ist tot. Man hat ihn umgebracht.«

»Ja, ich weiß.«

Sie lief weiter, schneller als vorher. Ich holte sie ein und ging neben ihr her, ohne ein Wort zu sagen. Sie murmelte irgend etwas vor sich hin.

Als wir bei Cooper Union vorbeikamen, blieb sie stehen und drehte sich zu mir hin. Jetzt weinte sie.

Sie sagte: »Was wollen Sie eigentlich? Was soll ich Ihnen sagen? Er ist tot. Man hat ihn umgebracht – ohne Grund.«

Ich nahm ihren Arm und führte sie näher an die Häuser heran. Sie leistete keinen Widerstand. Sie kramte eine Zigarette aus ihrer Handtasche, zündete sie an und nahm einen tiefen Zug.

»Erzählen Sie mir etwas über ihn, bitte. Es war alles so sonderbar. Er kam eines Abends vorbei, erklärte mir, er würde mich lieben, und ließ mir eine weiße Katze da ...«

Risa hob unvermittelt eine Hand und unterbrach mich. »Eine weiße Katze?« fragte sie ungläubig.

»Und am nächsten Tag wurde die Katze geklaut«, sagte ich.

Sie lachte wie eine Irre und warf ihre Zigarette weg.

»Machen Sie sich nichts daraus«, sagte sie, »mir hat

er zwei weiße Katzen gebracht, und beide sind nach einem Einbruch in meine Wohnung verschwunden.«

»Zwei weiße Katzen?«

»Zwei weiße Katzen.«

»Erzählen Sie mir etwas über ihn, Risa«, sagte ich, und mein Tonfall war sehr freundlich, denn plötzlich fühlte ich eine unglaublich starke Weiße-Katzen-Solidarität mit ihr.

»Was soll ich sagen? Er war ein Irrer ... ein liebenswerter Junkie, ein total verrückter Speedfreak und Säufer, und er wollte ein großer Schauspieler sein. Aber er haßte die Leute vom Theater ... er verachtete sie ... alle ... und besonders seine Großmutter und ihre Freunde.«

»Hat er Ihnen gegenüber jemals einen Mann namens Arkavy Reynolds erwähnt?«

»Sie meinen den komischen Vogel mit der Taxifahrermütze, der erschossen worden ist? Ich habe ihn einmal getroffen. Er war einer von Bruces Kunden, er verkaufte ihm Speed. Und manchmal haben sie über Theaterstücke diskutiert, über bestimmte Szenen oder über Regisseure. Und einmal haben sie sich über Bruces Großmutter gestritten.«

Das war also die Verbindung: Speed. Bruce hatte Arkavy Drogen verkauft. Das war logisch. Daran hatte ich auch schon gedacht. Aber Detective Felix war der Ansicht, daß diese Verbindung unwichtig war. Und die Sache mit der Großmutter war merkwürdig.

»Wer war seine Großmutter, Risa? Und was hatte sie mit all dem zu tun? War sie beim Theater?«

»Seine Großmutter war Maria Swoboda.«

Die Überraschung auf meinem Gesicht muß deutlich zu sehen gewesen sein.

»Sie kennen sie also«, sagte Risa. »Ja, Maria Swo-

»Ja, sie war eine richtige, altmodische Großmutter. Jedenfalls bis sie starb.«

»Wollen Sie damit sagen, daß er auch noch über sie schimpfte, als sie schon tot war?«

»Na ja, als ich ihn kennenlernte, war sie schon tot. Aber er redete über sie, als ob sie noch leben würde.«

Risa lief wieder los. An der Fourth Avenue bog sie in nördliche Richtung ab. Sie sagte: »Ich muß jetzt gehen ... ich muß auf die Post.«

Ich blieb bei ihr. Wir waren ein komisches Paar. Zweifellos würden die Passanten denken: Mutter und Kind. Mutter ist unglücklich mit dem Punk-Outfit der Tochter. Mutter und Tochter auf dem Weg zum Arzt. Wie viele mögliche Szenen konnte man sich vorstellen? Und keine davon kam der Realität auch nur entfernt nahe.

»Da ist die Post«, sagte sie, und an ihrer Haltung konnte ich sehen, daß sie fest entschlossen war, mich jetzt endlich loszuwerden.

»Kann ich irgendwann noch mal mit Ihnen reden?« fragte ich.

»Über Bruce?«

»Ja, unter anderem.«

»Unter anderem«, wiederholte Risa bitter, und dann schrieb sie ihre Telefonnumer mit einem Textmarker auf mein Handgelenk – direkt auf die Haut. Ich war so überrascht, daß ich keine Anstalten machte, das zu verhindern. Vielleicht war das eine subtile Form der Rache ... weil Bruce sich in eine ältere Frau verliebt hatte. Ich nahm ihr den Textmarker aus der Hand und schrieb meine Nummer auf ihr Handgelenk.

Sie rannte in das Postamt. Ich ging langsam nach Hause. Dabei versuchte ich, die Nummer auf meiner

Haut abzudecken, denn ich wollte nicht, daß die Schrift verwischte, bevor ich zu Hause war und sie abschreiben konnte.

Während ich ging, freute ich mich über die neuen Teilchen für mein Puzzle. Der junge Mann hielt als Toter wesentlich mehr Überraschungen bereit als zu seinen Lebzeiten.

Und die Tatsache, daß es auf einmal drei gestohlene weiße Katzen gab – drei weiße Katzen, die von Bruce Chessler bei völlig ungeeigneten Pflegestellen untergebracht und von dort gestohlen worden waren –, berauschte mich irgendwie, weil es so absurd war. Und zu meinem Leidwesen wurde mir klar, daß ich vergessen hatte, das junge Mädchen zu fragen, ob ihre weißen Katzen auch diese schwarzen Flecken im Gesicht und am Schwanz hatten wie Clara – die arme Clara.

Und was die Großmutter Maria Swoboda betraf – es war ja nun wirklich kaum zu glauben, daß sie verwandt waren. Fast noch unglaublicher war der Umstand, daß er seine Großmutter gehaßt hatte. Wie konnte jemand Madame Maria Swoboda hassen? Tot oder lebendig? Und warum war es so unglaublich? Hatte ich denn erwartet, ein fünfundzwanzigjähriger junger Mann, der in der Lower East Side lebte, der in diesem Land geboren war und nie etwas anderes als Amerikanisch gesprochen hatte, würde sich wie eine russische Schauspielerin benehmen? Ähnelte ich denn in irgendeiner Weise meiner Großmutter, der Bäuerin? Mir wurde bewußt, daß es da schon Gemeinsamkeiten gab. Ich hatte denselben Gang wie sie. Ich sah ihr ähnlich. Im Grunde meines Herzens war ich immer noch ein Bauernkind – gebildet, aber nicht wirklich geistreich; zynisch, aber nicht in der Lage, mich auch so zu verhalten; leidenschaftlich, aber durch die äußeren Umstände zu einer Art vorübergehender Enthaltsamkeit gezwungen.

Es war schon seltsam, daß Bruce Chesslers Beziehung zu seiner Großmutter mich dazu gebracht hatte, über mein eigenes Verhältnis zu meiner nachzudenken. Ich dachte nur ganz selten an sie, komischerweise manchmal, wenn es heiß war. Und wenn ich an sie dachte, kam mir immer ein Bild in den Sinn: Jedesmal, wenn meine Großmutter den Stall betreten hatte, um nach den Kühen zu sehen, zog sie auf eine unerklärliche Weise alle Stallkatzen an – ohne daß sie ein Wort sagen mußte. Wenn sie an den Verschlägen vorbeilief, kamen die Katzen alle hervor und sprangen herum, als ob meine Großmutter ihnen allein durch ihre Anwesenheit den Befehl gegeben hätte, einen komplizierten Tanz aufzuführen. Und sobald Großmutter den Stall verließ, huschten sie wieder davon.

Ich kam an die Twenty-third Street. Das Thermometer an der Ecke zeigte dreiunddreißig Grad und vierzehn Uhr zweiundzwanzig.

Langsam wurde ich müde. Aber es waren nur noch ein paar Blocks. Die letzten Tage waren lang gewesen – Bars, Körnerfresserrestaurants, Makrobiotiker, Joga, eine schwarze Dichterin, ein songschreibendes Punkermädchen. Ja, es war alles sehr anstrengend gewesen.

Und was ich über Bruce Chessler herausgefunden hatte, war auch nicht dazu angetan, zur Beantwortung der philosophischen Frage beizutragen: Warum war er gestorben? Und nichts von alledem widersprach der These der Polizei, daß er bei einem Streit um Drogen umgekommen war.

Aber was ich herausgefunden hatte, zeigte, daß ich

mich mit einem vollkommen neuen Verbrechen, das mit den anderen irgendwie zusammenhing, beschäftigen mußte: der Entführung von drei weißen Katzen, die Risa und ich von Bruce Chessler bekommen hatten. Was ging hier eigentlich vor?

14

Basillio mußte so lachen, daß er fast von seinem Drehstuhl fiel.

»Willst du damit sagen, daß all unsere verdeckten Ermittlungen nur zu der erstaunlichen Erkenntnis geführt haben, daß drei weiße Katzen verschwunden sind?«

Wir saßen in seinem Büro im Hinterzimmer des Copy-Shops. Wir hörten die Geräusche der Kopiergeräte und sahen die Kunden, die ihre Papiere zusammenklaubten.

Ich ließ ihn lachen. Bis heute morgen hatte ich es auch ab und zu ganz lustig gefunden. Na ja, nicht wirklich lustig, aber ganz erheiternd. Aber dann hatte ich begonnen, gründlich nachzudenken ... über Bruce Chessler.

»Nein, etwas mehr haben wir schon herausgefunden«, sagte ich.

»Was denn?« gab er zurück. »Daß er seine Großmutter haßte und alle anderen russischen Emigranten vom Moskauer Künstler-Theater ebenfalls? Daß der Junge eine unglückliche Kindheit hatte? Daß auch er einer von diesen bemitleidenswerten arbeitslosen Schauspielern ist, die sich von selbstgefälligen Phantasien ernähren? Daß er ein Dealer war? Ja, du hast wirklich eine Menge herausgefunden.«

Den letzte Satz hatte einen unerträglich ironischen Unterton.

»Alles, was du eben gesagt hast, Tony, habe ich mir gestern auf dem Heimweg auch schon überlegt. Aber man kann die ganze Angelegenheit auch anders betrachten, und diese Betrachtungsweise legt dann sehr nahe, daß die New Yorker Polizei keinen blassen Schimmer hat, worum es hier eigentlich geht.«

Tony beugte sich vor, und von Spott war da keine Spur mehr. Er begann, mit den Fingern auf dem Tisch herumzutrommeln. Er wollte unbedingt wissen, wie es weiterging, aber gleichzeitig die Ruhe bewahren. So war Tony. Plötzlich betrachtete ich ihn mit großer Zuneigung. Warum hatten Tony und ich eigentlich nie miteinander geschlafen? Warum waren wir nie ein Liebespaar geworden? Er war ein lieber, trauriger, verrückter und sehr begabter Mann. Was machte es da schon, daß er verheiratet war? Warum hatte ich den letzten Schritt nie gewagt? Ich war ziemlich einsam. Und ich wußte, daß es keine Liebe für mich geben würde, solange ich die Sache nicht selbst in die Hand nahm ... oder darum kämpfte. War ich eigentlich glücklich mit meiner Karriere, als Hohepriesterin des Avantgarde-Theaters? Das war doch alles nur geheuchelt. Es gab nur wenige Stücke und noch weniger Rollen, die mich wirklich interessierten. Ja, meine Katzen liebte ich wirklich, aber auch sie konnten das immer größer werdende Loch in meinem Leben nicht ausfüllen. Was war mit mir los? Da saß er ... bereit ... begierig ... und wartete. Für ihn war ich immer die Schöne, die Geheimnisvolle, die Intelligente – seine erotische Theaterphantasie. Warum eigentlich nicht?

Doch dann verscheuchte ich all diese unsinnigen Erwägungen. Darüber konnte ich ein andermal immer noch nachdenken. Jetzt mußte gearbeitet werden.

»Weißt du, Tony, ich glaube inzwischen, daß Bruce Chessler wußte, daß er bald sterben würde.«

»Das ist merkwürdig.«

»Nein, ist es nicht. Hör mir genau zu. Denk daran, was seine Großmutter gelehrt hat, wie man eine Theaterrolle entwickeln muß. Erinnerst du dich? Die Rolle ist in dir, egal, wie groß die Unterschiede zwischen der Person, die du darstellen sollst, und dir selbst auch sind. Du wirst die Rolle nur dann glaubwürdig verkörpern können, wenn deine Emotionen echt sind.«

»Meine Güte, ist dies eine Vorlesung in Method acting, wie man Bruce Chessler darstellen soll?«

»So was in der Art, Tony. Hab ein bißchen Geduld. Stell dir vor, du hast einen Hund ... den du sehr liebst.«

»Okay.«

»So, und unter welchen Umständen würdest du den Hund zu fremden Leuten geben?«

»Unter keinen.«

»Und wenn du deinen Job verlieren würdest?«

»Auch dann nicht.«

»Wenn sie dich aus deiner Wohnung werfen würden?«

»Nein.«

»Wenn du krank würdest?«

»Nein, unter gar keinen Umständen.«

»Außer einem.«

»Und der wäre?«

»Wenn du wüßtest, daß du bald sterben mußt.«

»Ja, aber das ist wirklich der einzige.«

»Genau. Und deshalb glaube ich, Tony, daß Bruce

Chessler wußte, daß er nicht mehr lange zu leben hatte und daß er deshalb seine Katzen weggab.«

Basillio stand von seinem Stuhl auf und fing an, hin und herzulaufen, wobei er ab und zu in den Laden schaute, um seinen Angestellten zu verstehen zu geben, daß er, der großartige Besitzer des Mutter-Courage-Kopierkette, obwohl er in seinem Büro mit einer großen, hübschen Frau plauderte, die Geschäfte fest im Griff hatte.

Dann tätschelte er mir in einer amüsierten, väterlichen Art und Weise den Kopf, als ob ich ein begabtes, aber ungezogenes Kind wäre. Dann setzte er sich wieder auf seinen Drehstuhl.

»Und was gibt es sonst noch Neues, Schwedenmädel?«

»Da ist noch was, Tony. Nur, weil er wußte, daß er bald sterben würde, hat er sich getraut, mir seine Liebe zu gestehen. Vorher war er nur in der Lage, Liebesbriefe zu schreiben, die er dann nicht abschickte.«

»Schau mal, es könnte so sein, wie du sagst. Aber die Wahrscheinlichkeit ist nicht sehr groß. Und wenn es so ist, was bedeutet das? Vielleicht hatte er einen seiner Drogenlieferanten übers Ohr gehauen und wußte, daß er früher oder später erschossen werden würde.«

»Warum hätte er dann zu der Verabredung gehen sollen. Nein, Tony, das paßt nicht zusammen. Alle Berichte über den Mord sagen, daß es ein freundschaftliches Treffen in einer Bar war, dann ein plötzlicher Streit ausbrach und dann Schüsse fielen. Er ist nicht in dem Bewußtsein in das Lokal gegangen, daß ihn dort ein Drogenlieferant erschießen würde.«

»Ja, aber was hat er denn gedacht, wer sein kurzes, großartiges Leben beenden würde?«

boda, die alte russische Dame vom Moskauer Künstler-Theater ... die, die mit Stanislawskij bekannt war. Bruce hat sie gehaßt. Und ihre Freunde auch – Bukai, Tschederow, Mallinova – so hießen sie, glaube ich. Manchmal, wenn er auf einem Trip war, regte er sich stundenlang über sie auf. Er brüllte dann, daß sie Betrüger seien, Scharlatane, Idioten ... und so weiter.«

»Woher hatte er die weißen Katzen?«

»Das habe ich nie erfahren. Er hat es mir nie gesagt. Aber er hat mir vieles nie gesagt. Ich wußte, daß er Drogen nahm und das Zeug auch verkaufte. Ich wußte, daß er Flausen im Kopf hatte.«

Sie schluckte ein paar Tränen hinunter und sprach dann mit merkwürdig trauriger, heiserer Stimme weiter: »Wissen Sie eigentlich, wie deprimierend diese Stadt ist? Hier laufen Tausende Bruce Chesslers herum, und sie bemerken sich nicht einmal gegenseitig. Ich bin Songschreiberin. Ich habe mal ein Lied geschrieben, das heißt ›Süße Träume in der Hölle‹. Aber niemand wollte es produzieren, weil es von diesen Typen handelte. Verstehen Sie? All diese traurigen Gestalten, die hier in den Straßen herumlaufen, sind nicht einmal in der Lage, ihre eigene Wahrheit zu erkennen.«

Sie schien abzudriften, und ich brachte sie wieder auf den Boden der Tatsachen zurück.

»Wissen Sie, vor vielen Jahren war Maria Swoboda mal meine Lehrerin. Ich habe ein Foto von ihr unter Bruces Sachen gefunden, aber es ist mir nie in den Sinn gekommen, daß sie verwandt sein könnten.«

Sie drückte ihr Rückgrat durch, als ob sie beschlossen hätte, jetzt keine weiteren privaten Enthüllungen mehr zu machen.

»Ich habe nicht den leisesten Schimmer«, gab ich zu.

»Also, was machen wir jetzt?«

»Na, zuerst müssen wir seine Lieblingsfeinde aufspüren und herausfinden, warum er sie so haßte ... zumindest die Feinde, die seine Freundin erwähnt hat.«

»Und wer sind die?«

»Seine Großmutter.«

»Die ist tot.«

»Genau. Und drei ihrer Emigrantenkollegen. Das Mädchen erwähnte Bukai, Tschederow und Mallinova.«

Er wiederholte die Namen, als ob es eine Zeile aus einem Lied sei.

»Tony, ich dachte, du könntest dir vielleicht morgen nachmittag freinehmen und mit mir in die Lincoln-Center-Bibliothek für Darstellende Künste kommen.«

»Warum nicht, Alice? Was haben solch erfolgreiche Geschäftsmänner wie ich auch nachmittags anderes zu tun, als an erotischen Phantasien herumzubasteln.«

»Ich danke dir, Tony«, sagte ich und küßte ihn leicht auf die Wange, bevor ich den Laden verließ. Meine Beine waren weich wie Pudding, und ich hatte ein nicht zu unterdrückendes Bedürfnis, mein Haar zu bürsten.

Wir trafen uns an dem Brunnen mit der Henry-Moore-Plastik vor dem Vivian-Beaumont-Theater am Lincoln Center. Basillio hatte sich faul auf einer der Steinbänke ausgestreckt.

»Ich glaube, wir sollten hineingehen und mit der Arbeit anfangen«, sagte ich.

»Wir haben Zeit«, antwortete er.

Er lehnte es weiter ab, endlich hineinzugehen, und ich

wurde langsam immer ungeduldiger und immer quengeliger.

»Ich kann dir auch die Wahrheit sagen, Schwedenmädel. Ich genieße es ganz besonders, gerade hier zu sitzen, weil nämlich auf dieser Bank dein sehr ergebener Anthony Basillio, begabter Bühnenbildner, Theaterphilosoph und Brecht-Schüler, – es war entweder 1976 oder 1977 – das Theater aufgegeben hat und ein verdammter Kapitalist geworden ist.«

»Ich dachte immer, du hättest das Theater in den Kneipen aufgegeben.«

»Woher willst du das denn wissen? Du hast es ja nie aufgegeben«, gab er fröhlich zurück. Dann schwang er seine Füße auf den Boden, und wir betraten die Bibliothek, die auf Theater, Film, Tanz, Musik und ähnliche Fächer spezialisiert ist.

Eine halbe Stunde später hatten wir einen ganzen Tisch mit Materialstapeln beladen – gebundene und ungebundene Sammlungen von Theaterfachzeitschriften ... biographische Nachschlagewerke über Theaterleute ... Bücher über die Geschichte des New Yorker Theaters, des russischen Theaters und des Theaters als solchem.

Wir fanden folgendes heraus: Lev Bukai, Nikolai Tschederow und Pyotr Malllinova waren bis in die dreißiger Jahre Mitglieder des Moskauer Künstler-Theaters. Dann verließen sie Moskau allesamt, der eine früher, der andere später, und gingen ins Exil. Schließlich trafen sie sich Ende der vierziger Jahre durch Zufall in New York wieder, wo ihre Kollegin Maria Swoboda lebte und gerade dabei war, eine hochgeschätzte Schauspiellehrerin zu werden, weil sie Stanislawskij und seine Methode kannte.

In den späten fünfziger Jahren gründeten sie dann zusammen eine Theatergruppe – die Nikolai-Gruppe –, die die Tradition des Moskauer Künstler-Theaters weiterführen wollte. Bukai und Tschederow waren die Regisseure, Mallinova der Produzent. Maria Swoboda stand auf der Bühne und spielte zahlreiche Charakterrollen. Die Gruppe reiste um die ganze Welt und war sehr erfolgreich. Ihre letzte Produktion, die in New York aufgeführt wurde, war Gogols *Revisor*, dann löste sich die Gruppe auf.

Das war es, wonach wir gesucht hatten. Wir nahmen die Bücher und Mappen und Ordner und brachten sie an ihre Plätze in den jeweiligen Regalen und Schubladen zurück.

Dann gingen Basillio und ich auf die andere Straßenseite in O'Neals Balloon etwas trinken.

»Und was passiert jetzt?« fragte er und spielte mit dem unglaublich großen Stück Stangensellerie, das in seiner Bloody Mary steckte.

Ich hatte eigentlich keine Ahnung, ›was jetzt passierte‹, wie Basillio sich ausdrückte. Unser Besuch in der Bibliothek was ganz offensichtlich von Erfolg gekrönt gewesen – was unseren Informationsstand betraf. Die Situation wurde immer verzwickter. Wieso sollte ein junger Schauspieler wie Bruce Chessler solche Verachtung und solchen Haß für Leute wie Bukai, Tschederow und Mallinova empfinden? Das paßte einfach nicht zusammen. Junge Schauspieler hassen im allgemeinen Leute, die Erfolg haben, die nach Hollywood gehen – sie hassen die Lügner und Betrüger und Schwindler, die die Theaterwelt überall und in allen Zeiten verseucht haben.

Aber sie hassen in der Regel keine Leute wie diese russischen Emigranten vom Moskauer Künstler-Theater. Diese Menschen hatten ein echtes Anliegen, sie waren wirklich wichtig und wurden wirklich verfolgt. Sie haben zu recht immer als das beste gegolten, was das moderne Theater zu bieten hatte.

Sie hatten stürmische Zeiten erlebt. Sie hatten mit dem großen Stanislawskij gelernt, gearbeitet, gelitten und triumphiert. Sie waren Theaterleute par excellance.

»Ich glaube, ich werde Lev Bukai besuchen«, sagte ich zu Basillio.

»Warum ausgerechnet ihn?«

»Warum nicht?«

»Und warum nicht einen von den anderen?«

»Die werde ich auch aufsuchen. Aber ich glaube, als erstes werde ich zu Bukai gehen. Er war vermutlich der berühmteste der Emigranten, und er war der Chef der Nikolai-Gruppe – was immer das bedeuten mag.«

»Möchtest du, daß ich dich begleite?«

»Nein. Beim ersten Besuch nicht. Bei den anderen vielleicht.«

Er zog die Selleriestange aus seinem Glas und tat so, als wolle er sie über die Theke schnippen.

»Tony!« rief ich ihn so laut und so schnell ich konnte zur Ordnung, dann merkte ich, daß er nur geblufft hatte.

»Du bist im Grunde deines Herzens immer noch eine Mittelschullehrerin, Schwedenmädel«, spottete er, und ich fühlte mich wie eine dumme Gans.

»Das kommt nur daher, daß, egal wie alt du wirst, Tony, du nie lernen wirst, wie man sich in Gegenwart von Damen benimmt ... du spielst immer noch das ungezogene Kind.«

»Aber ich bin nicht so schwierig wie Bruce Chessler«, gab er zur Antwort, und plötzlich schien ein Leuchten von den Wänden und der Decke auszugehen und mich in Schweigen zu hüllen. Tony legte brüderlich seinen Arm um meine Schultern, und ich tat nichts, um ihn abzuschütteln.

15

Es war ziemlich schwierig zu akzeptieren, daß Lev Bukai wirklich hier lebte. Ich stand vor einem großartigen Gebäude aus hellem Stein in der Ninety-fourth Street, ein paar Schritte östlich von der Fifth Avenue – im Carnegie-Viertel von Manhattan. Wo hatte er bloß all das Geld für dieses Haus aufgetrieben? Die ursprüngliche Front war abgerissen und durch eine Backsteinfassade ersetzt worden, mit einer großen, polierten Eichentür, die direkt auf die Straße führte. Es sah aus, als ob der neue Eigentümer beschlossen hätte, ein Kloster zu bauen, es sich dann aber anders überlegt hatte. Oder vielleicht war ihm nach seinem Umzug in diese Nobelgegend aufgefallen, daß hier kein Bedarf an einem Kloster bestand, denn nur zwei Blöcke weiter befindet sich das Hauptquartier der russisch-orthodoxen Mission für Nordamerika, das, unter anderem, den exilierten Patriarchen beherbergt. Das wußte sogar ich, und ich bin keineswegs russisch-orthodox.

Eine junge Frau in einem Kittel öffnete die Tür bereits wenige Sekunden, nachdem ich den kunstvoll gearbeiteten Klingelknopf betätigt hatte.

»Ich möchte gerne Lev Bukai besuchen«, sagte ich.

»Wer sind Sie?« gab sie zurück. Es war offensichtlich, daß sie an unangemeldeten Besuch nicht gewöhnt war. Sie sah aus wie eine Kunstlehrerin. Das Haar trug sie streng zurückgebunden.

»Ich bin eine ehemalige Schülerin von Maria Swoboda«, antwortete ich, weil ich der Ansicht war, daß diese Tatsache am ehesten dazu angetan wäre, mir eine Audienz zu verschaffen. Ein weiteres Mittel war mein ehrerbietiger Tonfall, den alle Emigranten in einer Schüler-Lehrer-Beziehung verlangen. Auf diese Weise soll der Schüler immer, wenigstens metaphorisch, sein Haupt vor dem Lehrer beugen.

Es funktionierte. Der Name Maria Swoboda war der Schlüssel. Die Frau bedeutete mir mit einer eiligen Geste, an der Tür zu warten, und nach einer Minute kam sie zurück und führte mich hinein.

Das Innere machte den Eindruck eines rachsüchtigen Mausoleums. Riesige dunkle Eichenmöbelstücke schienen das Sommerlicht aufzusaugen und es im gleichen Moment in Hitze zu verwandeln. Hier drinnen herrschten bestimmt um die sechzig Grad.

Lev Bukai saß in einer Art Bibliothek, in der es keine Regale gab. Die mehreren tausend Bücher waren auf Klapptischen aufgeschichtet. Zahlreiche große Gemälde hingen ohne besondere Anordnung an den Wänden herum. Es waren Portraits von Leuten, die ich nicht kannte oder zumindest nicht erkannte, alle in heldenhaften Posen dargestellt – verschränkte Arme, durchgedrückte, leicht gespreizte Beine, hervorgestreckte Kiefer, bekleidet mit nur halb zugeknöpften Jacken. Und die Frauen waren alle in sehnsuchtsvoller Haltung abgebildet, mit hohen Frisuren aus glänzenden Haartürmen.

Lev Bukai musterte mich von oben bis unten. Ich lächelte. Er hatte immer noch diesen Regisseur-Blick. Er war ein buckliger häßlicher Gnom, der in seinem

Hausmantel aus Samt kaum auszumachen war. Auf dem Schoß hielt er eine Tasse Tee. Es gab weder einen Ventilator noch eine Klimaanlage.

Er hatte eine Knollennase und wulstige Ohren, und das eine Auge war halb geschlossen. Seine mit Altersflecken bedeckte Haut schien von einer Maschine fest über die Knochen gespannt worden zu sein.

»Sie haben also Maria Swoboda gekannt?«

»Ja, vor vielen Jahren«, sagte ich. Ich war nicht nervös. Aber irgendwie schüchterte er mich ein … wegen der Tradition, die er verkörperte. In gewissem Sinne war es, als würde ich einen Buddha befragen. Mir wurde klar, daß es besser gewesen wäre, Basillio mitzunehmen. Und zum ersten Mal seit langer Zeit war ich mir meiner Kleidung bewußt. Ich trug einen langen Rock und einen schwarzen Baumwollpullover mit langen Ärmeln. Ich war angezogen wie eine Schauspielschülerin. Das war mir irgendwie peinlich.

»Sie waren eine Schülerin von ihr?«

»Ja.«

Auf seinem Gesicht zeigte sich ein Lächeln, eines dieser arroganten Lächeln russischer Emigranten, mit dem sie dir klarzumachen scheinen, daß jemand aus Minnesota im Leben nicht ansatzweise begreifen wird, wovon sie überhaupt sprechen.

»Sie ist tot«, sagte er und fuhr sich dabei mit seiner athritischen Hand durch die zurückgebürsteten Reste seines weißen Haars.

»Ja, ich weiß, und ich bin Ihnen sehr verbunden, daß sie mich empfangen – aber ich bin nicht ihretwegen hergekommen.«

»Eine Rolle? Wollen Sie eine Rolle?« Er lachte schallend über seinen eigenen Witz.

Dann fügte er hinzu: »Aber ich bin nicht mehr beim Theater. Ich bin jetzt ein Gentleman, der sich aufs Land zurückgezogen hat. Wie Oblomow.«

Und er lachte wieder, dann begann er zu husten, zu keuchen und nach Luft zu schnappen.

Glaubte er wirklich, daß er auf dem Lande sei? Das ist immerhin möglich, dachte ich.

»Ich wollte mit Ihnen über ihren Enkel sprechen, Mr. Bukai.«

»Wessen Enkel?«

»Maria Swobodas Enkel.«

Er schaute mich mit gebeugtem Kopf von unten herauf an und nippte an seiner Teetasse. Zum ersten Mal seit ich sein Haus betreten hatte, fühlte ich wirklich die Stärke dieses alten Russen: Tee aus dem Samowar, dunkel und aromatisch, nicht aus einem Teebeutel. Dieser winzige, athritische, fünfundachzigjährige alte Mann vor mir hatte mehr vom Theater in einem Zeh als ich in meinem ganzen Körper. Und vor allem repräsentierte er das europäische Theater in all seinem Glanz, all seinen Exzessen, seinen Veränderungen und seinen Beschränkungen. Ich erinnerte mich daran, wie ich buchstäblich sprachlos gewesen war, als ich Maria Swoboda zum ersten Mal traf – vor so vielen Jahren. Der alles überragende Geist Stanislawskijs hüllte sie alle ein wie ein Mantel.

»Ich wußte nicht, daß sie einen Enkel hatte«, sagte Bukai. Inzwischen war klar, daß er mich nicht auffordern würde, mich zu setzen.

»Aber sie muß doch mit Ihnen über ihn gesprochen haben ... oder Ihnen ein Foto vom ihm gezeigt haben. Er hieß Bruce Chessler.«

»Nein.«

»Hat sie ihn jemals erwähnt?«

»Nein.«

»Aber sie hatte einen Enkel«, sagte ich. Das Rückenteil meines Pullovers klebte inzwischen feucht auf meiner Haut.

Er nickte, als ob eben nichts auf dieser Welt unmöglich sei, und wandte sich wieder seinem Tee zu. Er sagte nichts. Er schaute mich auch nicht mehr an. »Bitte!« stieß ich plötzlich hervor. Er hob einen kleinen Tisch mit einer angespannten Hand und ließ ihn auf den Boden knallen. Sofort tauchte die junge Frau auf. Sie schaute mich herausfordernd an. Dann schob sie mich ohne ein weiteres Wort hinaus und schlug die Tür hinter mir zu.

Es war halb zwölf am Vormittag. Mein nächstes Ziel war Nikolai Tschederow. Er wohnte Seventh Avenue Ecke Twenty-fifth Street in einem wundervollen, außergewöhnlichen Mietshaus. Der Pförtner wollte mich nicht hineinlassen. Vom Telefon in der Lobby rief er Tschederow an. Ich brüllte in den Hörer, daß ich mit ihm über Maria Swobodas Enkel, Bruce Chessler, sprechen wollte. Er sagte mit sehr lauter Stimme: »Über wen?« Ich wiederholte meinen Satz. »Kenn ich nicht«, brüllte er. »Sie sind verrückt! Gehen sie weg!« Dann hängte er ein. Der Pförtner begleitete mich hinaus.

Pyotr Mallinova hatte im Gegensatz zu Bukai und Tschederow nur seine Nummer im Telefonbuch aufführen lassen, nicht seine Adresse. Dies war ungewöhnlich, denn Emigranten sind normalerweise sehr darauf bedacht, mit vollem Namen, kompletter Anschrift und Telefonnummer in jedem nur erdenklichen Nachschlagewerk zu erscheinen, weil man ja nie wissen kann, ob nicht irgendwann alte Freunde kommen und sie ausfindig machen wollen.

Wie auch immer, ich rief ihn aus einer Telefonzelle Ecke Seventh Avenue und Twenty-seventh Street an, genau vor der Carnegie Hall. Ich ließ sehr lange klingeln, aber niemand nahm ab. Eine halbe Stunde später versuchte ich es noch einmal. Und eine weitere halbe Stunde später. Dann probierte ich es alle fünfzehn Minuten, bis ich Basillio, wie verabredet, in einem Coffee-Shop im Village traf.

Bei einem meiner Anrufe hatte jemand abgenommen, mich angehört und dann wieder aufgelegt.

»Ich war bei Bukai und Tschederow«, erzählte ich Basillio, während wir uns setzten und bestellten, »und beide behaupten, Bruce Chessler nicht zu kennen und nichts von seiner Existenz zu wissen. Mallinova hab ich nicht erreicht.«

»Glaubst du ihnen?«

»Ich weiß es wirklich nicht.«

»Bringt dich das alles denn weiter? Ich meine, was ist mit deiner These, daß Chessler wußte, daß er sterben würde und daß dies eher etwas mit seinem Haß auf diese Leute zu tun hatte als mit einem schiefgegangenen Drogengeschäft?«

»Ich weiß nicht. Ich weiß nicht, was ich denken soll. Das war nur eine Spur, die ich verfolgen wollte. Wie seine Verbindung zu Arkavy Reynolds. Es schien mir nur irgendwie merkwürdig – der tiefe Haß eines so jungen Mannes auf ein paar alte Leute. Meinst du nicht, daß es der Mühe wert war, dieser Spur nachzugehen?« fragte ich ihn.

Er grinste, beugte sich über seine Tasse und blies statt einer Antwort etwas Schaum von seinem Cappuccino.

»Und ich bin froh, daß ich der Sache nachgegangen bin, denn mit diesen Russen stimmt etwas nicht.«

»Was denn? Daß sie immer noch am Leben sind?«

»Nein, ich meine ihren Reichtum. Woher haben sie das Geld für diesen luxuriösen Lebensstil? Sie waren Emigranten, Schauspieler, Regisseure, Produzenten. Sie waren Hungerleider, genau wie all die anderen. Sie haben es nie bis nach Hollywood geschafft, so wie die Deutschen, und Maria Swoboda machte immer den Eindruck, keinen roten Heller zu besitzen.«

»Alice, solche Sachen sind sehr schwierig herauszufinden.«

»Warum?«

»Erinnerst du dich an die Bibliothek? Die biographischen Nachschlagewerke dort geben keine Auskunft über Finanzen. Da findest du alles über die Karrieren, Geburtsorte, Ausbildung, Ehepartner. Aber das ist es dann auch.«

»Also, was schlägst du vor?«

»Ruf ihre Steuerberater an.«

»Sehr witzig.«

»Es gibt da vielleicht eine Möglichkeit.«

»Welche?«

»Du mußt jemanden finden, der diese Leute wirklich gut kennt.«

»Die sind aber schon achtzig oder neunzig Jahre alt.«

»Ich meine jemanden, der ihre Geschichten kennt, ihre Verbindungen zu Stanislawskij. Jemand, der weiß, wie die Gruppe zusammengekommen ist, sich gespalten und aufgelöst hat.«

»Theoretisch ist das eine gute Idee, Tony, aber wie soll das praktisch aussehen? Ich kenne niemanden mit diesem Wissen.«

Er hob auf seine provozierende Weise den Kopf und sagte hinterhältig: »O ja, und ob du jemand kennst, Schwedenmädel.«

»Sag du mir nicht, wen ich kenne«, gab ich wütend zurück. Er fing langsam an, mir auf die Nerven zu gehen. Wie hatte ich jemals ernsthaft in Erwägung ziehen können, mit ihm ins Bett zu steigen?

»Joseph Grablewski«, sagte er spöttisch.

Ich weiß nicht, was ich in diesem Moment für ein Gesicht gemacht habe, aber ich kann mich gut erinnern, daß ich das Gefühl hatte, sämtliches Blut würde aus meinem Körper weichen.

Das war ein ganz besonderer, ziemlich erschreckender Name aus alten Zeiten.

Grablewski war in den frühen Siebzigern einer der schillernden Stars der Theaterkritik gewesen. Er hielt Vorlesungen im Rahmen des Theater-Workshops, den Basillio und ich besucht hatten, und ich hatte mich damals unsterblich in ihn verliebt.

Und ich hatte so ziemlich alles getan, um sein Interesse zu wecken – von den vorsichtigsten Andeutungen bis hin zu den allerschärfsten Geschützen –, aber nichts hatte funktioniert. Es war nichts gelaufen.

Ich sah ihn immer noch vor mir: Kordsamtjacket, alberner Schlips, ein Gesicht wie das eines großen Vogels – ein Habicht oder ein Adler – und sein üppiges schwarzes, von grauen Fäden durchzogenes Haar.

Und ich erinnerte mich an seine eindringliche, ruhige, einlullende, suggestive Art zu sprechen, eine Art, die den Zuhörer geradezu zwang, seine Weise zu denken zu übernehmen – und seinerseits denken zu wollen ...

Er war ein faszinierender Intellektueller gewesen.

Ich hatte noch nie jemanden gehört, der so wie er über das Theater sprechen konnte. Er war der Auslöser dafür gewesen, daß ich beschloß, mein Leben dem Konzept der Avantgarde zu weihen ... einem Konzept, das es nicht mehr gab. Er war der Grund dafür, daß ich mich im Alter von einundvierzig Jahren immer noch vorwiegend als Catsitter über Wasser hielt – weil ich einfach nicht in der Lage dazu war, meine Begabung und meine Fähigkeiten, mein Herz und mein Hirn in den Dienst einer populären Kultur zu stellen, die ich verabscheute. Oder, um es anders auszudrücken: Er war der Grund für meine intellektuelle Arroganz in Theaterdingen. Ich wollte unsterblich sein – und keine Filmschauspielerin. Grablewski hatte die Russen, das Moskauer Künstler-Theater und alle Theater geliebt, die in irgendeiner Weise mit Revolutionen – ob sie nun real oder erdacht waren – zu tun hatten, und er hatte uns gelehrt, sie ebenfalls zu lieben.

Ich war unsterblich in ihn verliebt gewesen, und die Tatsache, daß er mich keines Blickes gewürdigt hatte, war für mich damals eine unendliche Tragödie ... sie ließ mich um mein Leben fürchten ... und zerstörte mein sexuelles Selbstbewußtsein. Männer hatten mich immer begehrt. Warum tat er es nicht?

Alles, was ich Basillio antworten konnte, war: »Lebt er noch?«

»Er lebt, er ist immer noch genauso verrückt,und er hält hof in dieser Kneipe in der Fourty-fourth Street.«

»Aber er muß inzwischen ein alter Mann sein«, sagte ich.

Basillios Antwort war ein Grinsen. »So alt nun auch wieder nicht. Und auch wenn er neunzig wäre – was macht das schon? Wenn irgend jemand dir etwas über die Geheimnisse im Leben von Bukai, Tschederow und Mallinova sagen kann, dann ist er das. Habe ich recht?«

Es war am selben Abend um neun Uhr. Ich stand in der Kneipe in der Fourty-fourth Street, etwas westlich von der Eighth Avenue, und betrachtete in dem schummrigen Licht den Mann, der in einer Nische am anderen Ende des Raumes saß – Joseph Grablewski.

Er hatte sich nicht sehr verändert. Sein Haar war immer noch üppig und ungekämmt, aber völlig weiß. Er war immer noch auf die gleiche Art gekleidet. Und er strahlte immer noch diese nervöse Energie aus. Und er trank, was er immer getrunken hatte – Wodka.

Aber wo waren die jungen Leute? Die Schauspieler, Schauspielerinnen, Bühnenbildner und Studenten, die immer mit ihm herumgehangen hatten? Sprach er jetzt mit sich selbst? Sprach er überhaupt noch? In welchem Loch hatte er sich all die Jahre versteckt gehalten? Warum kannte ihn niemand mehr?

Ich ging auf ihn zu.

Auf halbem Weg sah er mich und begann spöttisch zu singen. »Da ist sie … Miss America.«

Ich fühlte mich plötzlich schwach und setzte mich in die Nische ihm gegenüber. Sein blödes Spottliedchen hatte tausend widersprüchliche Erinnerungen in mir hochsteigen lassen. Mein Kopf schien ein kaputter Projektor zu sein.

Er lächelte mich an. Jetzt, aus der Nähe, hatte sich sein Gesicht schon verändert – es war gebrochen und erschöpft. Aber die Form, der Rahmen, war alterslos.

»Können Sie sich noch an mich erinnern?« fragte ich

sehr schnell. Ich versuchte ein Zittern zu unterdrükken.

»O ja ... ja natürlich«, sagte er, lehnte sich zurück und verschränkte die Hände hinter dem Kopf, als ob er ein wichtiges Argument vortragen wolle.

Er präzisierte seine Erinnerungen: »Der Theater-Workshop. Vor vielen Jahren. Da ist sie ... Miss America. Ziemlich hübsch. Ziemlich engagiert. Ziemlich talentiert. Ziemlich, ziemlich, ziemlich.«

»Na ja«, antwortete ich enttäuscht, »das ist immer noch besser als immer ziemlich betrunken zu sein.«

In seinen Augen glomm Zorn auf. Dann Verachtung. Für wen? Für sich selbst? Für mich? Dann entspannte er sich.

»Und Sie sind hierher gekommen, um mich zu sehen, um zu sehen, was aus dem alten Theaterlöwen geworden ist? Was aus seiner Weltsicht geworden ist? Aus seiner Kritik? Wo sind die Bücher? Wo sind die Stücke? Wo sind die Bemerkungen, die verwirren und verblüffen?«

»Vielleicht.« Diese Kneipe war wie eine verfallene, verwahrloste Kathedrale.

»Ich bin erleuchtet worden«, sagte er.

Ich betrachtete das Wodkaglas und den Tisch in der Nische. Beide schienen seit Urzeiten nicht saubergemacht worden zu sein.

»Es war alles Blödsinn«, fuhr er fort, »das ganze Theater war Blödsinn. Wahrscheinlich war es schon bei den alten Griechen Blödsinn.«

Er nippte an seinem Wodka, dann trank er ein paar Schluck Cola, dann zündete er sich eine Zigarette an.

»Ich kann mich auch daran erinnern, daß Sie versucht haben, mich ins Bett zu kriegen. Sie haben wirklich alles versucht.«

»Ja, das habe ich.«

»Entschuldigung«, murmelte er, »damals hatte ich andere Verpflichtungen. Und wahrscheinlich hätten Sie sich irgendeine Geschlechtskrankheit eingefangen. Jedenfalls, aus heutiger Sicht war das alles falsch. Sie haben sich wirklich gut gehalten.«

»Immer noch ziemlich hübsch?« fragte ich lachend. Das Lachen machte meine Scheu und die schmerzlichen Erinnerungen erträglicher.

»Auf jeden Fall.«

Ein Kellner kam. Ich bestellte Mineralwasser. Joseph Grablewski bestellte noch einen Stolichnaya.

Er schaute mir direkt in die Augen.

»Also, dann haben Sie nach mir gesucht, um ihre einstigen Gefühle zu überprüfen? Sie wollen mit mir schlafen. Sie wollen Gefühlen von – von wann? – von vor fünfzehn Jahren wieder aufleben lassen. Sie wollen, daß ein reifer alter Alkoholiker wie ich Ihr Bett teilt, um die Bestätigung zu haben, daß Sie sich damals nicht geirrt haben – daß das Theater von großer, allumfassender Bedeutung ist und daß ich einer seiner Gurus war und bin. Sie haben immer noch mit Theater zu tun, nicht wahr? Was sollten Sie auch sonst machen?«

»Ich heiße Alice Nestleton«, antwortete ich, »und der einzige Grund, warum ich hier bin, ist, weil ich Sie etwas über ein paar russische Emigranten aus der Theaterszene fragen will.«

»Über wen?«

»Sie heißen Bukai, Tschederow und Mallinova.«

Er brach in schallendes Gelächter aus und warf seine Arme nach hinten. »Diese drittklassige Galerie von künstlich nachgemachten Stanislawskijs. Mein Gott, ich habe diese Namen seit Jahren nicht mehr gehört. Ich dachte, die wären alle längst tot.«

»Und ich dachte, Sie wären längst tot«, gab ich zurück.

»Lev Bukai ... Chef der verhängnisvollen Nikolai-Gruppe ... verließ, ich weiß nicht wann, die Sowjetunion ... war dann ein paar Jahre in Paris ... hatte in seiner Eigenschaft als Berater des alten Ballets Russes in Monte Carlo einige Schwierigkeiten ... wurde in den späten Vierzigern von Hurok in die Vereinigten Staaten gebracht – ein arrogantes, zurückgebliebenes Arschloch.«

Diese ausgezeichnete Gedächtnisleistung des alten Alkoholikers erstaunte mich.

»Was ist mit den anderen?«

»Was soll mit ihren sein?« Er zog eine verächtliche Grimasse und trank seinen Wodka.

Denn sagte er: »Soll ich Ihnen was über die Stücke der Nikolai-Gruppe erzählen? ... Über ihr Repertoire? Über ihre ganz besondere Art des Betrugs? Es ist alles Betrug ... all diese Emigranten waren Schwindler. Sie konnten die Hitze der Revolution nicht aushalten, nicht die damit verbundene Armut und nicht ihre Sucht nach Theater, und so gingen sie weg, um sich dem üblichen Scheißdreck zu widmen – das ist künstlerische Freiheit.«

Er fing an, so laut zu lachen, daß ich schon befürchtete, er würde vornüberkippen. Dann hörte er plötzlich auf und fixierte mich. Er langte über den Tisch und berührte eine Seite meines Gesichts. Ich schob seine Hand weg, als ob sie giftig sei. Er langte noch einmal über den Tisch und berührte mich wieder im

Gesicht. Diesmal ließ ich die Hand da. Ich wollte, daß er sie daließ. Es war wirklich erstaunlich, aber meine alten Gefühle für ihn begannen wieder aufzuflammen.

»Wie alt sind Sie jetzt?« fragte ich ihn und brach damit den Bann.

»Zeitlich gesehen sechsundsechzig ... geistig hundertsechsundsechzig.«

Ich kam auf die merkwürdige Idee, ihn mit nach Hause zu nehmen und mich seiner anzunehmen: ihn mit Suppe zu füttern, ihm Kaffee einzuflößen und dann gemütlich mit ihm zu reden. So, wie ich damals mit ihm hatte reden wollen ... damals ... über das Theater ... über die alten Zeiten ... über die Geheimnisse, die er kannte, und warum er sie bewahrte ... und warum er sich dem Wodka ergeben hatte. Aber der Gedanke beunruhigte mich. Ich bekam langsam Angst.

Ich rückte so weit von ihm ab, wie das in der Nische möglich war.

»Ich möchte wissen, woher Lev Bukai das viele Geld hat.«

»Woher wissen Sie, daß er viel Geld hat?«

»Ich weiß es. Ich habe sein Haus gesehen.«

»Warum sollte ich Ihnen das sagen?«

»Muß ich das jetzt begründen?«

»Nein, eigenlich nicht. Ich hätte nur gerne einen Grund gehabt.«

»Weil etwas Schreckliches passiert ist und er vielleicht darin verwickelt ist.«

»Jeder weiß doch, woher Bukai sein Geld hat.«

»Woher?«

»Diamanten. Er ist Teilhaber einer Diamantenfirma. Haben Sie denn wirklich gedacht, Inszenierungen von albernen Gogol-Stücken würden genug einbringen, um sich ein Haus wie seines zu kaufen?«

»Was ist das für eine Firma?«

»Keine Ahnung.«

»Bitte, denken Sie nach.«

»Die Firma hatte irgendeinen komischen Namen ... syrisch oder ägyptisch. Nein ... türkisch. Ja, das habe ich mal gehört – eine Firma, die von Türken geleitet wird ... oder von türkischen Juden.«

»Können Sie sich nicht an den Namen erinnern?«

»Sagen Sie mir ein paar türkische Namen. Ich versuch's.«

»Ich weiß keine türkischen Namen.«

»Warten Sie mal«, sagte er und rieb sich leicht die Nase, als ob ihn diese Bewegung an etwas erinnern würde. »Es gab einen Sänger, der genauso hieß ... ein alter Popsänger. Warten Sie ... ja, ich hab's. Sedaka ... wie der Sänger Neil Sedaka.«

»Danke«, flüsterte ich.

Ich hatte gekriegt, was ich wollte. Oder hatte er bekommen, was er wollte? Ich hatte keine Lust zu gehen. Ich wollte mich über etwas anderes unterhalten, aber mir fiel nichts ein. Eine unerträgliche traurige Atmosphäre schien uns einzuhüllen. Ich hatte den Eindruck, daß, wenn wir damals eine Affäre gehabt hätten, unser beider Leben völlig anders verlaufen wären. Ich würde mich nicht so abrackern. Und er würde sich nicht in der Fourty-fourth Street langsam aber sicher zu Tode saufen. Ich hätte nicht diese lange Liste danebengegangener Beziehungen und einer gescheiterten Ehe. Alles wäre anders gewesen. Sogar das Theater ... ja ... sogar das Theater ... zusammen hätten wir etwas Neues auf die Beine stellen können.

Ich wurde langsam größenwahnsinnig. Es war einfach nicht zu ertragen. Bruce Chesslers schreckliches Hawaiihemd schien mir entgegenzuwinken. Da war ein Mord, den ich aufklären mußte.

»Kommen Sie mal wieder vorbei«, sagte er zärtlich. Ich nickte und ging.

16

»Ich bin nicht sicher, ob das eine gute Idee ist. Wir schlagen über die Stränge, Schwedenmädel.«

Wir standen vor einem Gebäude in der Fourty-seventh Street, dem Firmensitz von Sedaka und Sohn, Diamantenhändler. Diese Straße hatte mich schon immer fasziniert. Sie war genauso wie das Theater. Glitzernde Steine wechselten für enorme Summen den Besitzer. Vernünftige Menschen waren besessen von Form und Farbe.

Ich antwortete nicht.

»Wir können wirklich nicht einfach hineingehen und alle möglichen Fragen stellen. Die werden uns sofort rauswerfen. Was hat das hier eigentlich mit der ganzen Sache zu tun? Du hast diese verrückte Überzeugung, daß der Junge wußte, daß er bald sterben würde. Also gab er seine weißen Katzen weg. Und du hast herausgefunden, daß der Junge ein paar alte russische Theatertypen haßte und daß der, den er am wenigsten mochte, steinreich ist. Was zum Teufel hat das eigentlich mit der ganzen Sache zu tun?«

»Nichts hat mit irgend etwas zu tun«, antwortete ich, »bis jemand die Zusammenhänge sieht.«

Basillio verzog das Gesicht. »Willst du mir vielleicht

hier einen verdammten Vortrag über die philosophischen Aspekte kriminalistischer Ermittlungen halten? Laß das lieber bleiben! Es ist halb elf am Vormittag und schon dreißig Grad. Außerdem ist mir kriminelle Ermittlung als Zweig der Philosophie so egal wie nur irgendwas.«

»Kommst du?« fragte ich, und aus meinem Tonfall war herauszuhören, daß es mich nicht gewundert hätte, wenn er nein gesagt hätte.

Widerwillig folgte er mir in die Lobby und im Aufzug in den dritten Stock.

Eine Empfangsdame in einem wunderbaren blauen Seidenkleid wollte uns zuerst nicht hineinlassen. »In welcher Angelegenheit kommen Sie?«

»In einer persönlichen«, antwortete ich.

»Dann kann ich Sie leider nicht vorlassen«, sagte sie. »Bitte gehen Sie, oder ich rufe den Sicherheitsdienst.«

So ging es immer weiter, ein Wort gab das andere. Das war zu erwarten gewesen. Basillio wurde die Situation allmählich sichtlich peinlich. Die anderen Leute im Empfangsbereich begannen auf uns aufmerksam zu werden und uns kritisch zu mustern. Viele von ihnen trugen diese schmalen lederbezogenen Kästen unter dem Arm. Diamanten, zweifelsohne.

Schließlich sagte ich: »Bitte sagen Sie Mr. Sedaka, daß ich privat mit ihm sprechen möchte – über Lev Bukai.«

Das war das Zauberwort. Eine Minute später kam ein korpulenter Mann um die Fünfzig mit einem dikken Schnauzbart in einem perfekt geschnittenen seidenen Maßanzug, begrüßte uns und bat uns, ihm in sein Büro zu folgen.

Wir folgten. Er deutete auf zwei Sessel, bat uns,

Platz zu nehmen, und setzte sich selbst hinter seinen großen, vollkommen leeren Schreibtisch.

»Worum geht es denn nun eigentlich?« fragte er. Ganz offensichtlich gingen wir ihm auf die Nerven, und er gab sich keinerlei Mühe, das zu verbergen. Er musterte zuerst mich und dann Basillio und blickte dann von einem zum anderen, als ob er sich nicht recht entscheiden könne, wer denn nun eigentlich der Missetäter war.

Basillio schien in den Erdboden versinken zu wollen. Er kapierte es einfach nicht ... er hat noch nie verstehen können, daß man jeder Spur auf den Grund gehen muß, gleichgültig, wie absurd die Spur sein mag ... und wie abwegig der Grund.

Ich ergriff das Wort. »Ich möchte wissen, was für eine Verbindung es zwischen Lev Bukai und Ihrer Firma gibt.«

»Das geht Sie nichts an.«

»Ich wäre Ihnen sehr verbunden, wenn Sie mir trotzdem Auskunft geben würden.«

»Wer zum Teufel sind Sie eigentlich?« brüllte er.

»Der Geist des Weihnachtsmannes«, gab ich zurück. Das war blöd, aber ich fühlte mich in diesem Büro in keiner Weise als Eindringling. Ich war, wo ich sein sollte.

»O Gott«, stöhnte Basillio.

Der Mann auf der anderen Seiten des Tisches starrte mich eine ganze Weile an, als ob er sich entscheiden wolle, ob er mich nun für eine Polizistin, eine Versicherungsdetektivin oder einfach nur für eine arme Irre halten sollte.

Er schien über den Preis für sein Schweigen nachzudenken und alle Möglichkeiten zu erwägen. Je länger er schwieg, desto mehr wurde er in die ganze Sache hineingezogen.

Dann seufzte er tief auf und sagte: »Lev Bukai ist von Anfang an ein stiller Teilhaber gewesen, an der Gründung der Firma, ihrer Entwicklung und ihrem Erfolg. Und er war ein sehr enger Freund meines Vaters, der die Firma gegründet hat. Ich habe Mr. Bukai in meinem Leben vielleicht zweimal getroffen. Ich habe keinerlei wie auch immer gearteten Kontakt mit ihm.«

Er wartete auf meine Antwort. Ich triumphierte innerlich. Er hatte mir gesagt, was ich wissen wollte. Was es eigentlich bedeutete, war unwichtig. Es reichte völlig, es zu wissen. Grablewskis Aussage war bestätigt worden.

»Ich möchte Ihnen für Ihre Hilfe herzlich danken, Mr. Sedaka«, sagte ich. »Ich glaube nicht, daß wir Sie noch einmal behelligen müssen.«

Und genauso schnell, wie wir eingetreten waren, verließen wir sein Büro. Wir hatten beide das Gefühl, unsere Körper könnten verräterische Spuren auf den Möbeln hinterlassen. Basillio und ich gingen die Fourty-seventh Street in östliche Richtung hinunter, bis wir an die Fifth Avenue kamen.

»So, und was beweist das nun?« machte er seinem Ärger endlich Luft. »Drei russische Emigranten kommen ins gelobte Land und investieren ihr hart verdientes Geld in ein Geschäft, das sich glänzend entwickelt – ein Diamantenhandel namens Sedaka. Das ist der verdammte amerikanische Traum. Was hat das alles mit diesem armen toten Idioten Bruce Chessler zu tun – der zufälligerweise die drei Alten und seine Großmutter haßte? Wirklich, da ist doch überhaupt kein Zusammenhang?«

Ich legte kurz die Finger an die Lippen, um ihn zum Schweigen zu bringen.

»Ist dir denn gar nichts an ihm aufgefallen, Tony?«

»Doch, mir ist aufgefallen, daß er uns nicht mit Tritten hinausbefördert hat.«

»Nein, ich meine seine Erscheinung ... besonders sein Gesicht.«

»Nein.«

»Hast du nicht gesehen, daß die Kinnpartie heller war als der Rest?«

»Nein. Vielleicht hat er vergessen, sich regelmäßig zu wenden, als er das letzte Mal auf den Bahamas war.«

»Es sah so aus«, fuhr ich fort, ohne auf seine Argumente einzugehen, »als ob er lange einen Vollbart getragen und ihn erst kürzlich abgenommen hätte. Die Haut, die unter dem Bart war, ist dann heller als der Rest.«

»Und was heißt das?«

»Die Polizisten haben mir gesagt, daß sie eine Beschreibung des Mannes hätten, der Bruce Chessler erschossen hat – ein korpulenter Typ mit einem Bart, um die Fünfzig.«

»Klar«, sagte Basillio spöttisch, »und wenn er nicht gerade Diamanten schleift, dealt er mit Drogen.« Er küßte mich flüchtig und winkte nach einem Taxi. Er konnte es einfach nicht lassen, den Chef zu spielen.

Ich ging zu Fuß nach Hause. Es war ein merkwürdiger Spaziergang. Ich mußte die ganze Zeit an Bruce Chessler und an Clara und an all die komischen Verbindungsstränge denken, die mit der Zeit aufgetaucht waren. Und ein anderer Gedanke geriet immer dazwischen – Joseph Grablewski.

Seine – Grablewskis – Verachtung für die drei Emigranten war total und allumfassend gewesen, fast genauso wie Bruce Chesslers Verachtung, wenn man den Worten seiner Freundin glaubte. Und es war ein himmelweiter Unterschied zwischen dem, was ich und meine Bekannten von den alten Emigranten wußten und was Grablewski und Chessler über sie dachten. Wie konnte es sein, daß Leben, Leistung und Kunst der Emigranten so unterschiedlich eingeschätzt wurden? Nur weil sie in den Diamantenhandel investiert hatten? Es war alles sehr kompliziert.

Ich dachte immer intensiver an Grablewski. Ich war fest entschlossen, nie wieder in diese Kneipe zu gehen. Warum sollte ich auch? Aber gleichzeitig wußte ich, daß ich doch wieder hingehen würde. Ich würde hingehen, noch einmal mit ihm reden, wieder in der gleichen Nische sitzen, ihm direkt gegenüber. Im stillen verfluchte ich Basillio, weil er mir gesagt hatte, wo ich ihn finden konnte ... weil er mich daran erinnert hatte, daß Grablewski die Informationen hatte, die ich brauchte.

Endlich kam ich zu meinem Haus und fing an, die Treppen zu erklimmen. Bushy war in letzter Zeit wegen meiner unregelmäßigen Anwesenheit etwas beleidigt gewesen, und ich hatte ihm eigentlich einen Leckerbissen mitbringen wollen. Ich war schon im dritten Stock, als mir das einfiel, aber um nichts in der Welt wäre ich noch einmal runter und dann wieder raufgegangen. Nächstes Mal, Bushy, versprach ich ihm in Gedanken.

»Gott sei Dank, Sie sind da«, schrie mir eine Stimme entgegen, als ich endlich auf dem letzten Treppenabsatz angekommen war.

Ich zuckte bei dem unerwarteten Lärm zusammen und trat einen Schritt zurück, als aus dem Nichts eine

Gestalt aufzutauchen schien – genau wie Bruce Chessler an jenem Abend.

»Erkennen Sie mich nicht?« brüllte die Gestalt schon wieder – ihrer Stimme nach war sie kurz vor dem Überschnappen.

Als der erste Schreck nachgelassen hatte, erkannte ich sie – es war Risa, Bruce Chesslers Geliebte.

»Ruhig, ganz ruhig«, sagte ich zu dem ganz offensichtlich völlig hysterischen Mädchen. Sie brach in Tränen aus und fing so stark zu zittern an, daß ich sie bei den Schultern packte.

Trotz einiger Schwierigkeiten gelang es mir, sie in der Wohnung auf das Sofa zu verfrachten. Sie hatte Probleme mit der Atmung ... dann konnte sie ein, zwei Sätze sprechen ... und dann redete sie wieder zusammenhangloses Zeug und schnappte nach Luft.

Schließlich hatte sie sich etwas beruhigt. Sie saß wie eine Strohpuppe auf dem Sofa, ihre Punkfrisur hing traurig zur einen Seite hinunter, und die Arme baumelten an ihr herab.

Mit unsicherer Stimme erzählte sie: »Ich saß in meiner Wohnung in der East Fifth Street und hörte Musik. Ich wohne im Parterre. Ich weiß nicht warum, aber irgendwann blickte ich auf und ein Mann, der draußen vor dem Fenster stand, fing an zu schießen. Und plötzlich war alles voller Glassplitter, und all meine Sachen gingen kaputt, und ich war sicher, daß ich jetzt sterben wurde.«

Sie hielt inne und schaute sich um, als ob ihr erst jetzt bewußt wurde, daß sie in einer fremden Wohnung war.

»Ich glaube, es hat etwas mit Bruce zu tun. Ich weiß nicht warum. Aber ich spüre es. Und dann fielen Sie mir wieder ein, und ich dachte, daß Sie mir vielleicht helfen könnten ... mich in Sicherheit bringen ... und ich habe auch ein paar von Bruces Sachen mitgebracht ... was er immer so mit sich rumgeschleppt hat ... und Zeug, das noch in meiner Wohnung war, denn wenn er ein paar Pillen eingeworfen und dann auch noch was getrunken hatte, war er immer völlig weggetreten.«

Ich sagte, sie solle sich entspannen, daß sie bei mir in Sicherheit sei und so lange bleiben könne, wie sie wolle.

Ich machte ihr einen Eistee und zeigte ihr die Dusche. Ihre Klamotten waren schweißnaß, und man konnte die Angst, die sie ausgestanden hatte, deutlich riechen.

Nachdem sie geduscht und etwas gegessen und getrunken hatte, war sie sehr viel ruhiger, und sie öffnete den zerknitterten Umschlag, den sie mitgebracht hatte, und breitete den Inhalt auf dem Boden aus. Bushy beschnüffelte die Dinge, bewertete sie als harmlos und schritt von dannen. Pancho flitzte so schnell an den Sachen vorbei, daß er sie nicht einmal bemerkte.

Aber ich bemerkte die Sachen, die in dem Umschlag gesteckt hatten. Sie waren faszinierend. Es war eine Sammlung alter Programmhefte der Nikolai-Gruppe ... Programme ihrer Vorstellungen in Mittel- und Südamerika – Mexiko City, Rio, Panama City, Managua, Maracaibo, Caracas, Concepción, Quito und Dutzende anderer, größerer und kleinerer Städte.

»Er hat immer darin gelesen«, sagte Risa, »immer, und dann hat er darauf rumgekritzelt und ...«

Ich kniete mich auf den Boden, um die Hefte aus der Nähe zu betrachten.

Bruce Chessler hatte mit schwarzen, roten und lila

Textmarkern auf alle Programme unanständige Bemerkungen geschrieben. Irgend etwas an der Nikolai-Gruppe brachte ihn auf die Palme und reizte ihn noch mehr als die einzelnen Mitglieder.

Ich stand auf, setzte mich neben Risa auf das Sofa und blickte auf die seltsame Ansammlung alter Programmhefte.

»Was glauben Sie, hat das zu bedeuten?« fragte Risa. Die Pistolenkugeln, die durch ihre Wohnung geflogen waren, hatten sie offenbar davon überzeugt, daß der Tod ihres Freundes nicht nur mit ein paar kleinen grünen Pillen zu tun haben konnte ... und jetzt war sie gewillt, auch die trivialsten Objekte noch einmal gründlich zu betrachten.

»Ich weiß es nicht«, gab ich zurück.

Eine Zeitlang herrschte Schweigen.

»Haben Sie ihn geliebt?« fragte ich.

»Wer weiß das schon? Ich glaube ja. Aber es war nicht einfach, mit ihm zusammenzusein. Da war keine Nähe oder Wärme. Wissen Sie, was ich meine – keine Geborgenheit.«

Ich nickte, griff nach unten und nahm Bushy hoch. Wie ich ihn so hielt, mußte ich aus irgendeinem Grund wieder an Joseph Grablewski denken, und ich setzte den armen Bushy wieder auf den Teppich, als ob er eine ansteckende Krankheit hätte. Er war sehr verletzt.

Als ich Risa wieder anschaute, war sie fast eingeschlafen. Ich wußte, was ich als nächstes tun mußte: Ich mußte ein wachsameres Auge auf Bukai, Tscherow und Mallinova haben.

Und was Risa betraf: Sie war eine dieser rätselhaften Kindfrauen, die diese Stadt zu allen Zeiten heimzusuchen scheinen. Egal, was sie mir von sich erzählte, ich wußte nichts von ihr. Ihre Ideologien änderten sich ständig: heute Punk, morgen Müsli, nächstes Jahr Techno. Diese Menschen sind verdammt zu unerheblichen Veränderungen.

17

Lev Bukai verließ seine herrschaftliche Behausung gegen halb elf am Vomittag. Ich hatte seit neun Uhr gewartet, nachdem ich beschlossen hatte, daß eine Beschattung jetzt die einzig logische Maßnahme wäre. Ich konnte an nichts anderes mehr denken. Die Wartezeit wurde mir durch das Bewußtsein verkürzt, daß Basillio jetzt auch wartete – auf Tschederow. Risa hatte sich bereit erklärt, Mallinova zu beschatten, aber wir hatten immer noch nicht herausfinden können, wo er wohnte.

Bukai ging sehr langsam in Richtung Fifth Avenue, so langsam, daß es schien, der Bürgersteig würde sich bewegen und nicht er. Er hatte einen gelben Stock dabei und war für diesen Tag Ende August viel zu warm gekleidet: Er trug Jackett und Schlips. Er überquerte die Straße und betrat den Central Park an der Ninetieth Street, wo der Reitweg entlangführt.

Dann begann er in quälendem Schneckentempo einen Spaziergang an der Ostseite des Parks, bis zur Anlegestelle für Segelboote, wo er sich endlich auf einer Bank niederließ und das Leben und Treiben beobachtete.

Ich setzte mich auf einen kleinen, grasbewachsenen Hügel ungefähr fünfzig Meter von der Bank entfernt. Ich konnte ihn sehen, aber er mich nicht.

Er döste ein und wachte auf und döste wieder und

erwachte abermals. Er nahm den Stock in die eine Hand und dann wieder in die andere. Er lächelte die kleinen, ferngesteuerten Boote an, die auf dem See herumkurvten, die Babysitter, die mit ihren Kinderwagen vorbeikamen, und die Leute, die ihre Hunde spazierenführten. Er schien mit sich und der Welt völlig im reinen.

Mir fiel ein, daß ich ein Buch hätte mitnehmen sollen. Die Sonne, die Hitze und die ganze Idylle machten mich schläfrig.

Er blieb dreieinhalb Stunden auf dieser verdammten Bank sitzen. Dann stand er auf, reckte sich und begann seinen mühseligen Rückweg nach Hause. Ich folgte ihm. Als er endlich vor seiner Haustür ankam, schien er vollständig erschöpft zu sein, und die junge Frau, die mir damals geöffnet hatte, mußte herauskommen und ihm hineinhelfen. Heute würde Lev Bukai das Haus garantiert nicht noch einmal verlassen. Also ging ich zurück in meine Wohnung.

Als ich die Tür öffnete, sah ich zu meiner Überraschung Risa auf dem Boden liegen, in eines meiner alten Sammelalben vertieft.

Mit sichtlich schlechtem Gewissen sah sie auf und erklärte: »Mir war so kalt, und da habe ich in Ihrem Schrank etwas zum Anziehen gesucht, und dabei hab ich das hier gefunden. Ich hoffe, Sie sind mir nicht böse.« Sie sah niedlich, verletzt und zerknirscht aus, und es war mir auch wirklich gleichgültig. Ich hatte ihr schließlich gesagt, sie könne bei mir bleiben, solange sie sich fürchtete, und sie könne tun und lassen, was sie wolle.

»Ich wußte gar nicht, daß Sie so berühmt waren«, sagte sie.

Ich lachte. »Das war in Minnesota«, erklärte ich. »Ich war die Schauspielerin aus Minnesota, die nach New York gehen und die Stadt mit meinen Interpretationen großer Rollen ... Charakterrollen ... wirklich wichtiger Rollen auf dem Kopf stellen würde. Aber daraus ist nichts geworden. Heute bin ich bestenfalls in der Catsitterszene ein Star.«

Sie beugte sich wieder über das Album. Ich machte mir einen kleinen Salat mit Hüttenkäse und nahm ihn mit ins Wohnzimmer.

»Haben Sie irgend etwas herausgefunden?« fragte sie.

»Na ja, ich habe herausgefunden, daß Mr. Bukai leidenschaftlich gerne stundenlang Spielzeugbooten zuschaut.«

»Wissen Sie, ich finde das alles schrecklich aufregend. Ich habe mal einen Film über die Mörder-GmbH gesehen. Glauben Sie, diese alten Männer sind eine Bande? Beschatten Sie sie deshalb? Glauben Sie, daß sie Bruce umgebracht haben?«

Ihre lebhafte, naive Begeisterung verblüffte mich. »Woher stammen Sie eigentlich, Risa?«

»Maplewood, New Jersey.«

»Wo ist denn das?« fragte ich. Der Name der Stadt kam mir irgendwie bekannt vor. Aber vielleicht gab es auch in Minnesota einen Ort namens Maplewood.

»Irgendwo da draußen«, sagte sie. Offensichtlich war sie nicht daran interessiert, weite Auskünfte über die geographische Lage ihres Geburtsorts zu geben. Sie vertiefte sich wieder in das Album. Ich sah, wie sie ein großes Foto von mir in *Die Frauen von Troja* betrachtete, das während meiner ersten Spielzeit am Tyrone-Guthrie-Regional-Theater aufgenommen worden war. Was war ich doch für ein Star!

»Hat Basillio angerufen?« fragte ich.

»Das Telefon hat überhaupt nicht geklingelt, während Sie weg waren.«

»Sind Sie sicher? Ich erwarte auch noch einen Anruf von Mrs. Gordon, wegen eines Catsitter-Auftrags für das Wochenende.«

»Warten Sie«, gab sie zu, »doch, es hat geklingelt, aber ich habe es nicht geschafft, rechtzeitig abzunehmen ... ich war eingeschlafen ... und da dachte ich, ich mache am besten den Anrufbeantworter an, aber ich hatte keine Ahnung, wie man den einschaltet ... und also ...«

Ich unterbrach ihren Redeschwall mit einer Handbewegung. Schon gut. Ob sie etwas essen wolle? Sie sprang auf, rannte in die Küche und kam mit der Schachtel Hüttenkäse und einem Suppenlöffel zurück. Wir aßen zusammen und beobachteten Bushy, der uns aufmerksam betrachtete, weil Hüttenkäse auch zu seinen Leidenschaften gehört. Pancho kam nur einmal vorbeigerast und wedelte mit seinem halben Schwanz nach uns, als ob wir Fliegen wären.

»Hört er eigentlich jemals mit dem Gerenne auf?« fragte Risa ungläubig.

»Panchos Motto ist: ›Wenn du stehenbleibst, bist du tot‹«, erklärte ich. Sie schüttelte traurig den Kopf.

Um fünf hatte Basillio immer noch nicht angerufen. Risa war über dem Album eingeschlafen.

Ich hatte plötzlich das Bedürfnis, schnell zu laufen, meine Beine zu strecken, der Enge des Apartments zu entfliehen. Also ging ich die Treppen hinunter auf die Straße. Ich begann, in Richtung Innenstadt zu marschieren.

An der Thirty-fourth Street blieb ich stehen. Die

Straßen waren voller Menschen, die auf dem Heimweg von der Arbeit waren. Erst hier konnte ich mir selbst eingestehen, wohin ich eigentlich wollte – in die Kneipe auf der Forty-fourth Street.

Ich wollte Joseph Grablewski sehen. Diese Einsicht schockierte mich zunächst, aber im Grunde war das doch nur verständlich. Es schien das einzig Logische zu sein, was ich an diesem Punkt tun konnte. Genau wie die Beschattungsaktion. Ich mußte mir eingestehen, daß ich ganz offensichtlich dabei war, Lust und Logik zu verwechseln. Wenn das der Fall war, war ich zu bemitleiden. Ich wollte nicht länger darüber nachdenken.

Die Kneipe war voll. Als ich den kühlen, schummrigen Raum betrat, fragte ich mich, ob ich mir in den langen Stunden im Park beim Beschatten Lev Bukais nicht vielleicht einen Sonnenstich zugezogen hatte. Vielleicht war ich deshalb hier in dieser Kneipe?

Joseph Grablewski saß in derselben Nische, trug dieselben Sachen und trank dasselbe Getränk. Er starrte geradeaus, als ob ihm jemand gegenübersäße. Ich ging entschlossenen Schrittes zu der Nische und ließ mich neben ihn auf die Bank gleiten – nicht gegenüber, wie beim letzten Mal, sondern neben ihn. Meine Schulter berührte die seine. Ich konnte ihn riechen – eine Mischung aus Wodka, Schweiß und Sorge – ein verzweifelter Geruch.

»Was ist los?« fragte er. Aus irgendeinem Grund regte mich seine gespielte Besorgnis auf.

»Was los ist? Mit mir ist nichts los. Aber mir Ihnen«, brüllte ich und schlug mit der Hand gegen sein Wodkaglas, so daß es über den gesamten Tisch schlitterte.

Dann fing ich an zu weinen. Und zu reden. Über Bushy und Pancho. Über meinen Kurs an der New

School. Über das alte Album, das Risa durchgeblättert hatte. Daß ich mir sehnlichst eine Rolle wünschte, eine richtige Rolle. Ich redete über das Theater ... über die Dinge, die mir wichtig sind ... über meinen letzten Liebhaber, den Pferdetrainer ... und über den letzten Mordfall, den ich gelöst hatte, den Mord an diesem wunderbaren, dämonischen alten Mann namens Harry Starobin ... und ich redete über Vorhänge und Skripte und Make-up ... redete und redete über alles mögliche. Als ich schließlich völlig erschöpft war, ließ ich mich an seine Brust sinken, als ob wir ein Liebespaar wären, als ob ich dadurch die letzten fünfzehn Jahre einfach auslöschen könnte ... oder ihm seinen Verstand wiedergeben.

Ohne ihn anzusehen, ließ ich meine Hand über sein Gesicht gleiten. Das war kein altes Gesicht, was meine Finger da spürten; es war ein junges Gesicht. Es war auch gar nicht das Gesicht von Grablewski – es war das Gesicht von Bruce Chessler.

Meine Güte! Ruckartig riß ich mich von dem Mann los und stand auf. Die Leute fingen schon an, mich zu beobachten. Der Kellner kam auf mich zu. Ich rannte hinaus. Ich brauchte nur etwas Ruhe. Ich mußte mich zusammennehmen und mit meinen Katzen sprechen. Die Beschattung der drei alten Männer fing an, meine Nerven zu zerrütten, und das war mir bisher noch nie passiert ... nicht einmal ... nicht einen einzigen Augenblick. Es kam alles zusammen: Diamanten, Theaterprogramme, weiße Katzen, Punkermädchen, reiche Emigranten. Was hatte Grablewski noch gesagt? Alles matte, farblose Nachbildungen Stanislawskijs.

18

Es dauerte sieben Tage, bis Basillio seine Beschattung von Tschederow schließlich entnervt aufgab. Er erzählte mir, der alte Mann, den er beobachtete, ginge zweimal täglich um den Block und das wäre auch schon alles, mit Ausnahme des Samstags, da wäre er zu Bloomingdale's gegangen und hätte dort eine Krawatte gekauft, und am Sonntag hätte er bei D'Agostino Ecke Fifty-seventh Street und Ninth Avenue Einkäufe gemacht. Da wir niemals herausgefunden hatten, wo Mallinova wohnte, blieb mir jetzt nichts anderes übrig, als Tag für Tag verbissen darauf zu warten, daß Bukai das Haus verließ. Und irgendwie paßte es mir ganz gut in den Kram, daß ich gezwungen war, so viel Ausdauer aufzubringen, hielt es mich doch davon ab, vor Joseph Grablewski weitere verrückte Vorstellungen zu geben.

Ich machte weiter. Ich würde der Sache schon auf den Grund kommen, genau so wie Bruce Chessler, bevor er das Zeitliche gesegnet hatte. Daß ich gleichzeitig von Grablewski ferngehalten wurde, war zweifellos wichtig – ich wollte diese zunehmende Gefahrenquelle unbedingt unter Kontrolle bekommen ... meinen verzweifelten Versuch, eine alte, unerwiderte Liebe neu zu beleben. Irritierend war von allem, daß da irgendeine Verbindung zwischen Bruce Chessler, dem Jungen, der sich in mich verliebt hatte, und Joseph Grablewski, dem Mann, den ich einst so verzweifelt und vergeblich geliebt hatte, zu sein schien. Es gab so viele Dinge, mit denen ich mich statt dessen beschäftigen konnte: Arkavy Reynolds, Diamanten, Drogen, weiße Katzen, theatralische Widersprüche und noch einiges mehr.

Meine Ausdauer wurde am zweiten Dienstag im September belohnt.

Bukai verließ das Haus, überquerte die Fifth Avenue, betrat aber nicht den Park. Statt dessen bestieg er einen Bus Richtung Manhattan, in dem ich fünf Fahrgäste hinter ihm stand. Er stieg an der Eighth Street aus, ging durch den Washington Square Park bis zum La Guardia Place, dort Richtung Süden bis zur Bleekker Street, wo er sich nach Westen wandte.

Für den alten Mann war das ein langer, anstrengender Weg, aber er hielt sich gut. Schließlich betrat er ein Café – das *Vivaldi* –, ein wundervolles Lokal, in dem ich schon oft gewesen war.

Ich wartete auf der anderen Straßenseite. Er tauchte nicht wieder auf. Also ging ich hinüber und setzte mich an eines der Tischchen, die auf dem Bürgersteig vor dem Café aufgestellt waren. Von meinem Platz aus konnte ich Bukais Kopf durch die Fensterscheibe sehen.

Aber er war nicht allein. Zwei weitere alte Männer saßen mit ihm am Tisch. Ich wußte sofort, wer die beiden waren: Tschederow und Mallinova. Risas Worte über die Mörder-GmbH alter Männer fielen mir wieder ein, und ein Schauder lief mir über den Rücken. Aber wer konnte schon wirklich wissen, was sie dort taten?

Sie bestellten Kaffee und exotisches Gebäck, und ich konnte ihre gedämpfte Unterhaltung hören. Anscheinend sprachen sie Russisch.

Ich bestellte einen Espresso, und während ich daran nippte und das Leben auf der Straße beobachtete, spitze ich die Ohren, um etwas aus dem Inneren des Cafés zu hören.

Ein Mann mit einem Hund kam vorbei. Er lächelte mich an. Ich lächelte zurück. Ich war zufrieden. Meine Vermutungen waren bestätigt worden. Ich war immer der Ansicht gewesen, daß Bruce Chessler nicht zufällig genau diese drei Männer gehaßt hatte, sondern daß sie eine Einheit bildeten. Und genau diese Einheit war der Schlüssel zum Verständnis der Verbindungen der einzelnen Gruppenmitglieder untereinander und zu anderen. Die Nikolai-Gruppe hatte noch weitere Mitglieder gehabt, aber nur diese drei hatten Bruce Chesslers fast paranoiden Haß auf sich gezogen – und nur diese drei waren jetzt wichtig. Zumindest im Zusammenhang mit dem Tod des jungen Mannes.

Der Mann mit dem Hund überquerte die Straße, dabei hielt er die Leine ganz kurz. Ich begann darüber nachzudenken, ob es sein kann, daß Hundebesitzer gute Straßenpolizisten abgeben, aber nur Katzenhalter gute Detektive sein können. Das hat mit der Interpretation des Verhaltens zu tun. Bei Hunden ist alles berechenbar. Der Hund wedelt mit dem Schwanz und leckt einem das Gesicht ab. Man kann ihn an die Leine legen, ihn mit einer Zeitung schlagen, ihn mit einem Knochen trösten, seinen Kopf kraulen.

Bei Katzen ist das ganz anders. Um die Gefühle oder das Verhalten einer Katze verstehen zu können, muß man Hinweisen nachgehen, vergangene Ereignisse und Ereignisketten interpretieren können, die jeglicher mathematischer Präzision entbehren.

Meine Reflexionen wurden durch das Geräusch von geschobenen Stühlen unterbrochen. War das Treffen beendet?

Worüber hatten die Emigranten gesprochen? Wovon war die Rede gewesen? Waren sie skrupellose Mörder oder liebenswerte alte Opas?

Mallinova ging als erster, dann kam Tschederow. Bukai blieb noch sitzen, aber ich sah, wie er die Rechnung bezahlte. Ich ließ das Geld für meinen Espresso auf dem Tisch liegen und lief auf die andere Straßenseite.

Bukai kam aus dem Café und trottete in seinem Schneckentempo die Straßen entlang, bis er schließlich zur Hudson Street kam. Er ging zwei Blocks weiter Richtung Zentrum und verschwand dann in einem Geschäft.

Es war eine Zoohandlung. Vielleicht kauft er sich eine Schildkröte, dachte ich, einen vierbeinigen Freund, der ihn auf seinen Spaziergängen begleitet.

Ich spähte durch das Fenster. Im vorderen Teil des Ladens gab es spezielle Knabberknochen für Hunde, Dosen mit ausgefallenem Katzenfutter, Leinen und Halsbänder und das ganze übliche Sortiment an Tierkram, von wirklich praktisch bis total überflüssig.

Weiter hinten waren die Käfige. Ganz offensichtlich konnte man hier nicht nur Hunde und Katzen kaufen, sondern sie auch in Pflege geben.

Ich sah Bukai im hinteren Teil des Ladens, wie er in einen der Käfige schaute.

Meine Antenne – oder was immer ich da zwischen meinen Schauspielerinnenohren habe – begann zu vibrieren.

Mir war klar, daß es tausend mögliche Gründe für seinen Besuch in diesem Geschäft gab, aber mindestens zwei davon konnten höchst interessant sein.

Als er herauskam, stand ich vor einer schwierigen Entscheidung. Wenn ich ihm weiter folgte, konnte ich nicht in den Laden gehen. Wenn ich in den Laden ging, würde ich ihn verlieren.

Ich ging in den Laden. Ein junger Mann mit leuchtendroter Fliege und ausgebeulter Hose fragte mich, ob ich zurechtkäme. Ich sagte ihm, ich wollte mich nur umschauen.

Ungefähr fünf Minuten lang beobachtete ich einen grauen Papagei in einem großen Käfig, der mit 741 Dollar ausgezeichnet war. Ob meine Katzen ihn wohl mögen würden? Als Freund? Oder eher als Festmahl?

Dann arbeitete ich mich vorsichtig in den hinteren Teil des Ladens vor, wo die Tiere untergebracht waren.

»Clara«, schrie ich. Ich konnte nicht an mich halten, als ich die große weiße Katze mit den schwarzen Flekken auf dem Schwanz und im Gesicht in einem Käfig sah. Sie blickte seelenruhig zurück.

Der junge Mann mit der roten Fliege sah mich mit offensichtlicher Mißbilligung für meinen Ausbruch an.

Das Problem war nur, daß es hier drei Claras gab, in drei getrennten Käfigen. Es war wirklich ein außergewöhnlicher Anblick. Ich begann hysterisch zu kichern. Dann hatte ich mich wieder in der Gewalt.

Eigentlich ist es gar nicht so komisch, dachte ich. Eine von den dreien war meine Clara. Die anderen beiden waren die Katzen, die aus Risas Wohnung verschwunden waren.

Bukai hatte ihnen offenbar Leckerbissen mitgebracht.

Aber nur eine der Claras fraß das Geschenk.

Plötzlich wurde ich ganz ruhig, als ich Clara und ihre Freunde hier so in Sicherheit sah. Allmählich begannen die Fäden sich zu entwirren. Ich war dabei, den Kreis zu schließen … den Knoten endlich aufzuknüpfen.

»Sind Sie an einer Katze interessiert?« fragte der junge Mann, der ein Geschäft witterte.

»Im Moment nicht«, sagte ich und verließ schnell den Laden.

19

Um zehn Uhr morgens am nächsten Tag dachte ich bei meiner zweiten Tasse Kaffee über die Ereignisse und Ergebnisse des vergangenen Tages nach. Risa hatte beschlossen, sich in ihren letzten Tagen bei mir ein wenig nützlich zu machen, und rannte mit Kopfkissenbezügen voll angeblich schmutziger Wäsche die Treppen zur Waschküche im Keller hinunter und wieder hinauf. Ich hatte zwar das ungute Gefühl, daß sie mehr Schaden anrichten als Gutes tun würde, da sie bestimmt einige meiner Stücke in die Maschine stopfen würde, die dazu nun wirklich nicht geeignet waren, aber sie meinte es schließlich nur gut und war so voller Energie, daß ich es nicht übers Herz brachte, auch nur eine Frage zu stellen. Dann ruiniert sie halt ein paar Sachen, dachte ich.

Dann rief Basillio an. Er sprach sehr leise.

»Grablewski liegt im Krankenhaus, Schwedenmädel, und soviel ich gehört habe, sieht es nicht gut aus. Er ist letzte Nacht in der Kneipe zusammengebrochen.«

»Was hat er denn?«

»Kein Ahnung. Wie ich schon sagte, ich habe nur gehört, daß er zusammengebrochen ist und sie ihn ins Beth-Israel-Krankenhaus gebracht haben.«

Ich schwieg ins Telefon. Der Hörer kam mir plötzlich ganz komisch vor, er sah eigentlich nicht danach aus, als ob er Geräusche übertragen könnte. In meinem Innern herrschte ein gewaltiges Durcheinander, aber ich konnte nichts sagen. Der Gedanke, daß es Joseph Grablewski schlechtging, war geradezu unerträglich für mich. Er machte mich stumm.

»Willst du ihn sehen?« fragte Basillio vorsichtig, als ich immer noch nichts sagte.

»Ja«, flüsterte ich.

»Warte auf mich«, sagte Basillio, der Engel, und legte auf.

Eine halbe Stunde später standen Basillio und ich am Empfang eines kleinen Flügels der Alkoholiker Abteilung des Beth-Israel-Krankenhauses. Wir warteten auf einen Dr. Wallace und liefen nervös umher.

Nach ungefähr zehn Minuten kam ein sehr großer Mann mit krummem Rücken, der ungefähr fünfundsiebzig sein mußte. Er hatte hervorstehende Augen, seine Brille war auf die Stirn hochgeschoben.

»Wer sind Sie?« fragte er unfreundlich, ungeduldig und mißtrauisch.

»Freunde von Grablewski. Können wir ihn sehen?« fragte ich.

Er zuckte heftig mit den Schultern und drehte sich um, dabei machte er mit der Hand eine Bewegung, daß wir ihm folgen sollten. Wir gingen durch eine geöffnete Tür und kamen in eine Abteilung, die in kleine Zellen mit je zwei Betten aufgeteilt war.

Vor einem dieser Betten blieb Dr. Wallace stehen und deutete darauf. Ich starrte auf den Mann in dem Bett. Er sah aus wie eine Leiche. Grablewski lag auf dem Rücken, die Arme auf merkwürdige Weise verschlungen, als ob er eben erst eine Zwangsjacke ausgezogen hätte. Sein Körper war ganz weiß ... als ob ein Vampir all sein Blut ausgesaugt hätte. Ich sah, daß er atmete: Sein Brustkorb bewegte sich. Seine Augen waren halbgeöffnet, aber sie schauten ins Leere. In diesem Bett sah er aus wie ein kleines Kind. Dieser Anblick machte mich ganz schwach. Ich mußte mich am einen Ende des stählernen Bettgestells festhalten. Basillio griff nach mir, um mich zu stützen, aber ich wollte jetzt nicht von ihm angefaßt werden.

»Was ist mit ihm passiert?« fragte ich traurig.

»Wollen Sie mich auf den Arm nehmen? Ich dachte, Sie wären seine Freundin«, sagte Dr. Wallace verächtlich. Seine Antwort verwirrte mich.

»Wenn Sie wirklich seine Freundin sind«, fuhr er fort, »dann wissen Sie ja wohl, daß er Alkoholiker ist. Und Sie wissen auch, daß er schon sehr lange trinkt.«

Niemand sagte mehr etwas. Wir standen alle still da. Offenbar verstand hier keiner den anderen.

»Okay, meine Damen und Herren«, sagte Dr. Wallace schließlich in herablassendem, ironischem Ton, »dann will ich Ihnen jetzt mal die Lektion erteilen, auf die Sie anscheinend so scharf sind. Der Herr, den Sie hier sehen, leidet an einer sehr weitverbreiteten Krankheit namens Hypoglykämie. Darunter versteht man das plötzliche Absinken des Blutzuckerspiegels. Besonders häufig tritt das bei unterernährten Alkoholikern auf. Die Symptome sind beidseitige Deviation der Augen, Steifheit der Muskulatur der Extremitäten, einseitig oder beidseitig auftretende Babinski-Reflexe, Zuckungen, vorübergehende Hemiparese, Trismus und Hypothermie. Der Auslöser ist die Verhinderung der Gluconeogenese durch Äthanol – also Saufen. Ihr Freund wurde in komatösem Zustand hierhergebracht und bekommt jetzt intravenös Glukose. Es geht ihm schon wieder viel besser.«

Nachdem Dr. Wallace seinen verblüffenden Vortrag beendet hatte, nickte er und schritt davon. Einmal blieb er noch stehen und rief uns zu: »Übrigens, nur ungefähr elf Prozent der unbehandelten Fälle sterben. Machen Sie sich also keine allzu großen Sorgen um Ihren Freund.«

Es lagen noch viele andere Menschen in den übrigen Betten, aber ich fühlte mich vollkommen allein mit Joseph Grablewski.

Ich zog einen stählernen Klappstuhl an das Bett und setzte mich. Ich war ungefähr dreißig Zentimeter von seinem Gesicht entfernt. Es war traurig ... unbeschreiblich traurig. Eine Welle der verschiedensten, merkwürdigsten Schuldgefühle durchflutete mich ... als ob ich verantwortlich für seinen Zustand wäre, weil ich etwas *nicht* getan hatte. Weil wir *kein* Liebespaar geworden waren? Wann? Vor vielen Jahren? Oder jetzt?

»Schau, er kommt zu sich, er erkennt dich«, sagte Basillio. Wirklich, der Patient blinzelte mit den Augen und legte einen Arm an die Seite. Ich sah, wie seine Finger zitterten und seine Zunge an der Seite mehrfach aus dem Mund kam, als ob sie verzweifelt nach Wasser verlange.

»Er will dir etwas sagen, Alice. Geh ein bißchen näher ran, er versucht zu sprechen.«

Ja, ich konnte sehen, daß er mit mir sprechen wollte. Ich war hin- und hergerissen. Einerseits wollte ich ihm nah sein ... und andererseits wollte ich weglaufen. Ich fand seinen bemitleidenswerten Zustand bedrohlich, und seine Sauferei widerte mich an.

Ich berührte vorsichtig seine Hand, als ob er ein Sterbender wäre, und schämte mich gleich darauf dieser Geste.

Dann drückte ich meine Lippen auf seinen Kopf und flüsterte: »Ich bin froh, daß Sie bald wieder okay sein werden.«

Er nickte ganz schwach und wackelte komisch mit dem Kopf.

»Er will dir etwas sagen«, meinte Basillio, »leg dein Ohr an seinen Mund.«

Ich tat, wie er gesagt hatte, und wartete. Ich hörte Geräusche, aber keine Worte. Dann sagte er endlich etwas, das ich verstehen konnte. Dann schien er wieder das Bewußtsein zu verlieren.

Wir verließen das Krankenhaus und gingen auf die Straße. Dort schauten wir dem Verkehr zu und beobachteten die Leute, die kamen und gingen.

»Was hat er gesagt?« fragte Basillio.

»Etwas ganz Merkwürdiges. Er weiß nicht, was er redet.«

»Was denn?« Basillio gab nicht auf.

»Er hat gesagt ... nein, er hat gefragt: ›Hat Konstantin dich gebissen?‹«

Basillio lachte. »Er hat dich auf den Arm genommen. Er hat sich an deine Frage nach den drei Stanislawskij-Schülern erinnert. Stanislawskij hieß Konstantin mit Vornamen.«

»Das ist mir bekannt, Tony, ich glaube nur nicht, daß Grablewski einen Witz machen wollte.«

»Was soll es denn dann heißen?«

»Er versuchte, mir etwas zu sagen.«

»Mein Gott, Schwedenmädel, der Mann ist immer noch sturzbetrunken.«

Jetzt mußte ich vorsichtig sein. Ich wollte mich natürlich nicht vor Basillio oder irgend jemand sonst zum Narren machen, wenn es um Joseph Grablewski ging. Noch im Vollrausch konnte dieser Mann mich aus der Fassung bringen. Seine Person … nicht seine Worte. Bei den Worten: »Hat Konstantin dich gebissen?« hatte es irgendwo ganz hinten in meinem Kopf geklingelt. Ganz schwach nur, aber anhaltend, so wie ein schmerzender Backenzahn.

»Wenn das kein Witz war, wer bitte schön ist Konstantin?«

»Gibt es einen Wodka, der Konstantin heißt?« fragte ich Basillio.

»Ich glaube nicht. Ich habe jedenfalls nie von dieser Marke gehört. Vielleicht glaubt Grablewski ja auch, er wäre Stanislawskij.«

»Nein, Tony, Grablewski weiß, daß er Grablewski ist, und gerade das ist sein Problem.«

»Na gut, Alice, ich muß jetzt zurück zur Arbeit. Ich bin sicher, dein alter Freund wird bald wieder okay sein. Ich melde mich bei dir.«

»Danke, Tony«, sagte ich und sah ihm nach, wie er eilig Richtung Manhattan ging, einem seiner Copy-Shops entgegen.

Ich ging nirgends hin. Ich blieb einfach vor dem Krankenhaus stehen. Grablewskis seltsame, geflüsterte Worte waren wie ein Zeitzünder. Als er sie sagte, hatten sie keinerlei Bedeutung. Als ich mit Basillio darüber sprach, begann es langsam zu klingeln. Und jetzt, wo ich allein war, fingen sie an ein Sturmgeläut aufzuführen. Was hatte er gemeint? Stanislawskij? Mich beißen? Hatte ich irgendeinen Angriff oder eine Niederlage erlitten?

Vielleicht meinte er ja einen anderen Mann namens Konstantin. Vielleicht war das ja auch ein Ortsname. Oder der Name einer Bar? Aber vielleicht war ihm gar nicht bewußt gewesen, daß er mit mir sprach; vielleicht hatte er gedacht, er rede mit einem seiner Saufkumpane.

Der seltsame Satz ließ mir keine Ruhe. Vielleicht, weil er das einzige war, was von einer unerwiderten Liebe geblieben war. Laß es noch ein Weilchen klingeln, Alice, sagte ich mir. Ich ging bis zur Ecke und blickte zum Krankenhaus zurück. Der arme Mann ... da drinnen eingesperrt zu sein ... wo die Leute ihm Nadeln in den Arm bohren ... ihn anbinden, wenn er gewalttätig wird – und alles nur, damit er eines Tages wieder in diese Nische in der Forty-fourth Street zurückkehren und wieder von vorn anfangen kann.

Was war Konstantin? Wer war Konstantin? Wo war Konstantin? Was hatten die geflüsterten Worte zu bedeuten? Eine Viertelstunde, nachdem ich das Krankenhaus verlassen hatte, saß ich in einem Taxi – auf dem Weg in die Lincoln-Center-Bibliothek für Darstellende Künste, wo ich vor einiger Zeit bereits mit Basillio gewesen war.

Ich wußte genau, wo ich nachschlagen mußte, um Artikel über das Moskauer Künstler-Theater zu finden. Diesmal suchte ich nicht nach Informationen über Bukai, Tschederow und Mallinova. Ich suchte nach einem einzigen Nachweis eines einzigen Namens – Konstantin.

Aber ich fand nur Angaben über Konstantin Stanislawskij. Nein, ich war sicher, daß es um einen anderen Konstantin ging. Während ich mich durch die Karteikästen wühlte, hatte ich das merkwürdige Gefühl, daß

Joseph Grablewski irgendwo in dieser riesigen Bibliothek war und sich über mich amüsierte, mich verspottete und dabei seinen Wodka schlürfte.

Und dann fand ich schließlich, im Register eines kleinen Buchs, das ein emigrierter russischer Schauspieler namens Orlov 1948 auf Englisch veröffentlicht hatte, den Verweis, nach dem ich gesucht hatte: »Konstantin, Kater».

Es stand auf Seite 131 der ansonsten wenig erbaulichen Abhandlung.

Auf dieser Seite berichtete Orlov, wie Stanislawskij ein weißer Kater geschenkt wurde, den seine Kollegen nach ihm benannt hatten, und daß dieser Kater zum Maskottchen der ganzen Truppe wurde, obwohl er ziemlich bissig war.

Ich brach in Gelächter aus, mitten in der Bibliothek. Ich lachte so laut, daß einer der Angestellten zu mir herüberkam und mich bat, mich der Würde des Ortes entsprechend zu benehmen.

Dann rannte ich aus der Bibliothek und versuchte bei der Henry-Moore-Plastik, mich wieder zu beruhigen. Es war unglaublich komisch: Stellen Sie sich eine Linie weißer Katzen vor, deren Stammvater ein Kater ist, der Stanislawskij geschenkt wurde – und heute, über fünfzig Jahre später, sitzt wenigstens eine der Nachkommen namens Clara mit zwei namenlosen Geschwistern in einer Zoohandlung mit angeschlossener Tierpension in der Hudson Street, nachdem sie von Bruce Chessler entführt worden waren. Und ein fünfundachzigjähriger Emigrant bringt ihnen Leckerbissen. Aber warum sollte Chessler die Katzen eigentlich überhaupt entführt haben?

Die ganze Sache war völlig verrückt. Grablewski

war verrückt. Und nach allem, was ich wußte, war Bukai ebenfalls verrückt.

Als ich zu Hause ankam, war ich völlig erschöpft. Risa war weggegangen und hatte mir eine Nachricht hinterlassen, daß sie am späten Nachmittag oder frühen Abend zurück sein werde. Ich erzählte Bushy und Pancho von dem geheimnisvollen Stammbaum weißer Katzen ... wenn es so einen Stammbaum überhaupt gab.

Als ich endlich geduscht, gegessen und ein Nickerchen gemacht hatte, wurde mir klar, daß ich Grablewskis Hinweis nachgehen mußte. Ich holte die alten Progammhefte von den Tourneen der Nikolai-Gruppe hervor, die Bruce Chessler in seinem Wahn mit Schimpfworten beschmiert hatte, und blätterte sie sorgfältig durch, auf der Suche nach irgend etwas, das Chessler über einen Kater namens Konstantin oder über Clara, die Katze, oder irgendeine andere weiße Katze geschrieben haben könnte – sei sie nun aus der Vergangenheit, der Gegenwart oder der Zukunft.

Aber es gab keine solche Randbemerkung. Das war merkwürdig. Wenn Chessler wirklich so besessen von den Emigranten gewesen war, mußte er gewußt haben, daß es irgendwo irgendeinen Emigranten gab, der »Hat Konstantin dich gebissen?« sagte, und daß diese Frage eine doppelte Bedeutung hatte. Irgendwoher mußte dieser Satz doch stammen, wie hätte Joseph Grablewski ihn sonst kennen sollen? Und es war ebenso sicher, daß Chesslers Großmutter ihn ihrerseits kannte und ihrem Enkel irgendwann einmal von Konstantin, dem Kater von Stanislawskij, erzählt hatte.

Nun, manche Dinge kann man nicht erzwingen.

Wenn es in den Programmheften keinen Hinweis gab, dann gab es eben keinen.

Trotzdem machte es mich sehr traurig, diese alten Hefte durchzugehen. All diese Vorstellungen, an die sich kein Mensch mehr erinnert. All die Menschen in diesen Stücken, all die Energie ... vergeudet.

Ich mußte lächeln, als ich den Namen von Maria Swoboda, meiner alten Lehrerin, las, der in den Programmen immer in etwas größerer Schrift erschien als die der übrigen Darsteller. Und die Fotos, die die Emigranten ausgewählt hatten! Sie hatten alle etwas Heldenhaftes an sich, noch in weit höherem Maße als Fotos von Operndarstellern.

Ehrfurcht für diese Menschen begann mich zu erfüllen. Ich fing an, die Programme chronologisch zu ordnen.

1957 hatte die Gruppe in Mexico City gastiert.

1958 in Ecuador.

1959 in Panama und Argentinien.

1960 in Venezuela.

1961 in Nicaragua.

1962 in Brasilien und Costa Rica.

1963 in El Salvador.

1964 in Chile.

1965 in Venezuela.

1966 in Peru.

1967 in Mexico City und Brasilien.

Bei meiner Sortieraktion begann ich mich darüber zu wundern, daß die Nikolai-Gruppe niemals in Europa, sondern immer nur in Süd- und Mittelamerika aufgetreten war.

Plötzlich wurde ich wütend auf mich selbst, weil ich die Hefte vorher nicht gründlich studiert hatte.

Es gab nämlich noch eine Menge andere interessante

Fakten über die Nikolai-Gruppe, die einem ins Auge sprangen, wenn man aufmerksam genug las.

Zum Beispiel die Tatsache, daß sie in den meisten Jahren ihres Bestehens nur eine Auslandsreise jährlich gemacht hatten und in jedem Land in nur einer Stadt gastiert hatten.

Das war nun in der Tat außergewöhnlich. Keines der anderen Theaterensembles, die ich kannte, tat das. Kleine Gruppen sind gezwungen, so oft wie möglich und an so vielen Orten wie möglich in möglichst kurzer Zeit aufzutreten, schon um ihre Unkosten zu dekken. Die Nikolai-Gruppe schien quasi auf Bestellung aufzutreten – als ob sie das Bolschoi-Ballett wären –, und das waren sie ja nun auch wieder nicht. Wie hatten sie es sich beispielsweise leisten können, nach Buenos Aires zu jetten, dort in einem Theater an drei Abenden Vorstellungen zu geben und dann wieder zurückzufliegen? Und was versprachen sie sich in künstlerischer Hinsicht davon, wenn schon Geld anscheinend keine Rolle spielte?

Und da war noch ein anderer, weit merkwürdigerer Punkt. In den Jahren, in denen sie zwei Länder auf der gleichen Reise besucht hatten, lagen diese beiden Länder weit auseinander. Auch von so etwas hatte ich noch nie gehört. Europäische Ensembles zum Beispiel treten, wenn sie in die Vereinigten Staaten kommen, in New York, Boston und Washington auf, dann vielleicht noch in Atlanta, und dann versuchen sie in der Regel noch einige Vorstellungen in Montreal zu geben, weil sich das von der geographischen Lage her anbietet. Sie würden nie auf die Idee kommen, auf der gleichen Tournee noch Kingston auf Jamaica mitzunehmen.

An dem gesamten Tourneeplan der Nikolai-Gruppe war irgend etwas faul!

Was ich bei der Lektüre der Programmhefte herausgefunden hatte, erregte mich dermaßen, daß ich anfing, vor Freude durch mein Wohnzimmer zu tanzen, bis mir schließlich einfiel, daß ich nie im Leben auf die Idee gekommen wäre, die Hefte noch einmal in die Hand zu nehmen, wenn der alkoholisierte Mr. Grablewski mir nicht diese verschlüsselte Botschaft ins Ohr geflüstert hätte.

Aber jetzt kam ich dem Kern der Sache wirklich näher. Da waren Konstantin und seine Nachkommen – zum Beispiel die arme Clara. Dann gab es den bärbeißigen Diamantenhändler. Dann eine Theatergruppe, die alle Grundsätze der Branche mißachtete. Dann ein ermordeter junger Mann, der von Haß zerfressen war. Es gab drei alte, wohlhabende Emigranten, die sich von Zeit zu Zeit trafen, einen exzentrischen Bohèmien, der Polizeispitzel gewesen war, bevor man ihn umgebracht hatte. Und schließlich gab es noch die unerwiderte Liebe – die Chesslers für mich und die, die ich seinerzeit für Grablewski empfunden hatte. Zum ersten Mal, seit der junge Mann auf meinem Treppenabsatz aufgetaucht war, hatte ich das Gefühl, daß langsam ein wenig Licht in das Dunkel kam.

Ich mußte etwas tun, es gab jede Menge Arbeit, jede Menge Mäuse zu fangen. Aber ich wußte jetzt genau, was ich unternehmen würde, und ich war mir sicher, wohin meine Aktionen mich führen würden.

Ich sammelte die Programme ein und warf sie schwungvoll auf den Tisch. Sie schienen auf einmal viel schwerer zu sein, jetzt, wo ich ihre Bedeutung erkannt hatte. Sie waren die Reisen einer Theatergruppe, aus deren merkwürdigem Terminplan glasklar ersichtlich war, daß sie ihre Kunst anderen Zielen untergeordnet hatten. Und diese Ziele waren des Rätsels Lösung. Ich genehmigte mir einen kleinen Schluck sehr alten Cognac. Bushy schnurrte.

20

»Wer ist da?«

»Ich bins, John, Alice ... Alice Nestleton.«

Am anderen Ende der Leitung herrschte Schweigen. Der arme John Cerise. Ganz offensichtlich gehörte ich zu den Leuten, auf deren Anruf er nicht unbedingt ungeduldig wartete.

»Keine Sorge, John. Ich rufe nicht an, um dich wieder zusammenschlagen zu lassen.«

Er lachte.

»Sind deine Wunden verheilt?« fragte ich. Ich hatte ein schlechtes Gewissen, weil ich ihn nicht sofort angerufen hatte, nachdem er aus dem Krankenhaus entlassen worden war.

»Mir geht's gut«, sagte er, »ich bin nur ein bißchen steif.«

Es entstand eine peinliche Pause. Dann fragte er: »Hast du diese weiße Katze eigentlich wiedergefunden ... Carla?«

»Sie hieß Clara, John. Ja, sie lebt, und es geht ihr gut. Sie ist in einer Tierpension.«

»Nichts ist schöner als Happy-Ends.«

»Hör mal, John, ich muß dich schon wieder um einen Gefallen bitten«, sagte ich.

Er lachte nervös.

»Ich möchte mir eine deiner Katzen ausleihen ... eine von deinen Abessiniern.«

»Eine Katze ausleihen? Warum, Alice?«

»Das ist ein bißchen kompliziert zu erklären. Es ist ja nur für ein paar Tage, und es wird ihr an nichts fehlen. Ich werde sie sehr gut versorgen.«

»Aber neulich hast du mir doch erzählt, daß deine Katzen mit Besuch nicht klarkommen.«

»Sie soll ja auch nicht in meinem Apartment sein – ich bringe sie in die Wohnung eines Freundes.«

»Für wie lange, Alice?«

»Nur ein paar Tage. Es ist nur für ein paar Katzenfotos, für einen Freund in der Werbebranche. Er braucht eine schöne Abessinier-Katze, und all deine Abessinier sind bildschön.« Das war nur eine halbe Lüge. Ich wollte wirklich ein Foto machen, aber nicht zu Werbezwecken. Es war eher für eine andere Art Angebot gedacht.

»Na gut, Alice, und wie soll die Katze zu dir kommen?«

»Mein Freund hat ein Auto. Wir könnten sie morgen vormittag abholen ... so gegen zehn ... ist dir das recht?«

»Ja, zehn Uhr ist okay. Ich gebe dir Jack Be Quick«, sagte er.

Ich legte den Hörer auf. Du bist ein Engel, John Cerise, dachte ich. Auf ihn war immer Verlaß. Risa saß auf dem Sofa und spielte eine komplizierte Variante des Versteckspiels mit Bushy. Ich lächelte beiden zu. Ich fühlte mich großartig. Seit ich herausgefunden hatte, daß die Nikolai-Gruppe nicht das war, was sie vorgab zu sein, fügte sich das Puzzle scheinbar ganz von selbst zusammen. Ich war noch mehrmals in der Bibliothek gewesen und hatte mich in alte Zeitungen und Zeitschriften vertieft. Ich hatte jetzt eine genaue Vorstellung von Vergangenheit, Gegenwart und Zukunft – aber alles mußte noch bewiesen werden, und die Katze von John Cerise war der erste Schritt dazu.

Ich ging tänzelnden Schrittes zum Fenster und schaute auf die Straße.

Madame Swoboda könnte jetzt stolz auf mich sein, dachte ich. Denn war das nicht der Grundsatz des Method acting? Man geht nicht einfach raus auf die Bühne und beginnt zu spielen. Man geht raus und spricht Worte und macht Gesten, und diese Worte und Gesten sind authentisch, weil sie vom eigenen Erinnerungsvermögen und dem eigenen Selbstverständins diktiert werden. Man spielt eine Rolle nicht – man ist diese Person. Und man hat kein Lampenfieber mehr, weil es nichts gibt, wovor man Angst haben müßte.

»Warum sind Sie so guter Laune?« hörte ich Risa fragen.

»Das ist nur die Fröhlichkeit einer Frau kurz vor den Wechseljahren.«

»Und wo gehen Sie in letzter Zeit ständig hin? Sie sind ja überhaupt nicht mehr zu Hause.«

»Nachforschungen«, gab ich zurück, »Recherchen, Nachforschungen, Analysen, ein bißchen hier und ein bißchen dort.«

Sie neigte ihren Kopf wie eine Katze. Sie hatte keine Ahnung, wovon ich redete.

»Risa, ich glaube, ich bin kurz davor, herauszufinden, warum Bruce Chessler gestorben ist«, erklärte ich.

Sie stellte keine weiteren Fragen mehr. Sie zog sich wieder in ihr Schneckenhaus zurück. Ich hatte vergessen, wie sehr sie ihn geliebt haben mußte. Ich hatte ihr auch nie geglaubt, wenn sie so tat, als hätte sie wenig mit ihm zu tun gehabt.

Ungefähr eine Stunde später schien sie wieder aufzuleben. »Ich glaube, ich ziehe morgen in meine Wohnung zurück. Ich will Sie nicht bei Ihren Nachforschungen oder was immer stören.«

Ihr Tonfall war geringschätzig. Aber ich biß nicht an. Ich hatte keinerlei Lust, mich mit Risa über irgend etwas zu streiten. Aus irgendeinem Grund war sie jetzt wütend und stand mit in die Hüften gestemmten Armen in der Mitte des Zimmers. Was hatte ich ihr denn plötzlich getan?

»Recherchen, Nachforschungen ... warum sagen Sie so blöde Sachen? Was hat das alles mit Bruces Ermordung zu tun? Er ist tot ... er ist nicht mehr auf der Welt ... nicht mehr im Universum ... er ist weg ... fort ... verschwunden. Warum sollten ausgerechnet *Sie* herausfinden, warum er gestorben ist. Sie haben ihn ja nicht mal richtig gekannt!«

Sie schleuderte mir die Worte ins Gesicht, als ob ich ihre Mutter wäre, die sie betrogen hatte. Es war wirklich Zeit, daß dieses Mädchen wieder nach Hause ging.

»Bist du sicher, daß das Tier mir nicht gleich in den Nacken springen wird?« fragte Basillio besorgt. Immer wieder schaute er im Rückspiegel nach dem wunderschönen Abessinier-Kater, der auf dem Rücksitz seines Autos stand und einen Buckel machte.

»Keine Sorge, Tony, er fühlt sich richtig wohl, er wird dir überhaupt nichts tun.«

Ich drehte mich um und betrachtete das Prachtstück

von einem Abessinierkater, den wir soeben bei John Cerise abgeholt hatten. Mir fiel wieder ein, daß er Jack Be Quick hieß. Ein perfekter Name für einen Kater. Sein Fell war rötlichbraun mit schwarzen Sprenkeln, seine Augen waren grün. Sein Körper war hart und muskulös, aber dennoch geschmeidig, und seine Bewegungen schienen auszudrücken: »Ja, ich sehe nicht nur aus wie ein kleiner Puma, ich kann mich auch so benehmen, wenn du nicht aufpaßt.« Aber das war natürlich nur ein Witz. Abessinier sind sehr liebe Tiere – exotisch zwar, aber herzensgut. Und Jack Be Quick ließ sich nach kürzester Zeit bequem auf dem Rücksitz nieder, sehr zu Tonys Erleichterung.

Erst als wir die George-Washington-Brücke nach Manhattan überquerten, sagte Basillio: »Alice, ich hoffe wirklich sehr, daß du diesmal weißt, was du tust.«

»Hast du Angst, Tony? Das könnte die größte Vorstellung deines Lebens werden.«

»Ich habe keine Angst, ich komme mir lediglich unheimlich dumm vor.«

Ich tätschelte seine Hand. »Wir kommen uns alle von Zeit zu Zeit dumm vor, Tony«, sagte ich. »Dagegen kann man nichts machen.«

Diesmal war es sehr schwer gewesen, Basillio zu überzeugen. Meine Pläne waren einfach und sehr direkt. Zunächst würde ich ein getürktes Foto einer weißen Katze mit schwarzen Flecken, die aussah wie Clara, machen lassen. Und dazu brauchte ich den Abessinier-Kater Jack Be Quick. Basillio hatte gesagt, daß die Herstellung dieses Fotos mit einem Farbdia und ein paar Experimenten am Farbkopierer kein Problem sei.

Dann würde Basillio mit dem Foto zu Bukai gehen und ihm die Katze für zehntausend Dollar anbieten. Bukai würde ihn hinauswerfen. Und dann würden – soviel wußte ich – viele interessante Dinge geschehen.

»Und ich glaube, ich komme mir vor allem deshalb so dumm vor, weil du mir nicht sagst, was du vorhast«, beschwerte er sich.

Ich antwortete nicht. Warum hatte ich Basillio nicht ins Vertrauen gezogen? Ich weiß es nicht. Normalerweise konnte ich ihm alles erzählen. Aber dieses Verbrechen schien so kompliziert und vielschichtig zu sein, so viele verschiedene kleine Rätsel mußten gelöst werden, daß ich einfach mittendrin aufgehört hatte, in Basillio einen geistigen Gefährten zu sehen. Ich wußte auch nicht, warum. Allmählich schwante mir, daß ihn das wirklich verletzt hatte – ich hatte ihn herbestellt wie einen Chauffeur ... ihn behandelt, als wäre er mein Angestellter. Vielleicht hatte es damit zu tun, daß ich Grablewski wiedergetroffen hatte. Ja, wahrscheinlich war es das. Ich hatte gehört, daß Grablewski inzwischen aus dem Krankenhaus entlassen worden war. Vermutlich saß er schon wieder in seinem Sarg in der Forty-fourth Street und stierte in sein Wodkaglas.

Als wir schließlich vor dem Copy-Shop anhielten, schien Jack Be Quick bereits eine tiefe Zuneigung zu Basillio entwickelt zu haben.

Drinnen gingen Tony und ein Assistent sofort an die Arbeit. Ich kann nicht genau beschreiben, was sie taten. Da gab es Polaroidkameras, Airbrush-Geräte, farbige Plastikfilter, merkwürdige Surr- und Kratzgeräusche und sonderbare Tropfvorrichtungen, die eher in ein Krankenhauslabor zu gehören schienen.

Aber zwei Stunden später präsentierte mir Basillio ein 18-x-24-Foto, besser gesagt die brillante Farbkopie eines Fotos – ein wundervolles Portrait von Jack Be Quick. Jack hatte nur die Farben gewechselt.

Jetzt war er weiß, mit schwarzen Flecken am Schwanz und im Gesicht.

Zauberei. Das war reine Zauberei. Meine Hand, die das Foto hielt, begann zu zittern.

Ich spürte die Versuchung, sofort ein Taxi zu der Zoohandlung in der Hudson Street zu nehmen, wo Clara und ihre beiden Genossen eingesperrt waren, und es Clara zu zeigen ... sie nach ihrer Meinung zu fragen ... zu fragen, ob wir unsere Sache gutgemacht hatten.

»Ist es so, wie du es wolltest?«

»Haargenau«, gab ich zurück.

»Na ja, Mutter Courage gilt nicht umsonst als der beste Copy-Shop in ganz Manhattan«, sagte Basillio. Er zwinkerte mir zu. »Und was machen wir jetzt?« fragte er und betrachtete Jack Be Quick, der inzwischen auf seinen Schreibtisch geklettert war und sehnsüchtig den Drehstuhl betrachtete.

»Wir fahren mit dem Plan fort«, sagte ich.

»Ich habe befürchtet, daß du genau das sagen würdest.«

Es war kurz nach zwei Uhr nachmittags. Basillio und ich standen auf der gegenüberliegenden Straßenseite vor Bukais Haus, so daß man uns von den Fenstern aus nicht sehen konnte.

Basillio konnte seine Nervosität nicht verbergen. Es war schon lange her, daß er eine so schwierige Rolle gehabt hatte.

»Okay, Schwedenmädel«, sagte er wild entschlossen, »laß uns den Plan noch einmal Schritt für Schritt durchgehen.«

»Okay, Tony.«

»Wer bin ich?«

»Keine Namen. Du bist ein Typ, der Geld braucht. Viel Geld, und das schnell. Und du hast etwas, was Bukai haben will.«

»Du meinst, ich habe eine weiße Katze mit schwarzen Flecken in meinem Laden?«

»Genau.«

»Und für zehntausend Dollar würde ich ihm die verkaufen.«

»Richtig.«

»Und er hat vierundzwanzig Stunden Zeit, um zu bezahlen, ansonsten kann er die Sache vergessen.«

»Ja.«

»Meine Güte, das ist vollkommen verrückt. Welcher Idiot würde freiwillig zehntausend Dollar für eine weiße Katze bezahlen?«

»Zeig ihm einfach das Foto, Tony. Und sag dem Alten, die Katze sei im Mutter-Courage-Copy-Shop. Lieferung bei Zahlung.«

»Wird er bezahlen?«

»Das glaube ich kaum. Ich rechne fest damit, daß er es nicht tut.«

»Aber worum geht es dann?«

»Bist du bereit, Tony?«

»Warte. Was ist, wenn sie mich nicht reinlassen?«

»Ich habe dir doch alles erklärt. Eine junge Frau wird die Tür öffnen. Sag ihr, daß du Bukai besuchen möchtest. Sag, daß Bruce Chessler dich geschickt hat. Sie wird dich reinlassen.«

»Ich weiß nicht warum, aber ich finde die ganze Sache ziemlich ekelhaft.«

»Das ist sie auch, Tony.«

Er lächelte. Dann fuhr er sich mit der Hand über das Gesicht, als ob er eine neue Maske anzöge, und heraus kam ein bösartiger, garstiger aber trotzdem irgendwie verwundbarer Unhold … oder ein Spieler … oder ein Gangster.

»Gut so?« stieß er zwischen den Zähnen hervor.

»Original wie aus der *Dreigroschenoper*«, versicherte ich. Ohne ein weiteres Wort lief er über die Straße auf die Haustür zu. Ich drehte mich um und ging in Richtung Museum. Dort hatten wir uns verabredet, sobald er seine Mission beendet hatte – in der kleinen Bar am Eingang der Cafeteria.

Ich trödelte nicht im Museum herum. Ich ging direkt zu dem vereinbarten Platz, setzte mich auf eines der Sofas und bestellte ein Mineralwasser mit Zitrone. Der Andrang zum Mittagessen war vorbei, aber um mich herum saß eine ganze Gruppe deutscher Touristen.

Nach fünfundzwanzig Minuten kam Basillio. Er kniete sich neben mich, als ob er mir geheime Informationen geben wolle.

»Also, Alice, es war ein Kinderspiel. Ich bin mit der jungen Frau hineingegangen. Sie führt mich in diesen Raum, der mit Büchern vollgestopft ist. Nach fünf Minuten kommt dieser antike Russe die Treppe herunter. Ich zeige ihm das Foto von Jack Be Quick in Weiß. Ich sage ihm, daß ich schnell zehntausend Dollar brauche. Ich sage ihm, ich hab da ein paar Probleme. Ich sage ihm, die Sache ist ganz einfach. Zehntausend jetzt und hier in bar. Und ich bringe Ihnen die

Katze in einer halben Stunden. Dann wird mir klar, daß ich wahrscheinlich zu schnell vorgehe. Also ändere ich mein Angebot. Fünftausend jetzt und fünftausend, wenn ich die Katze bringe.«

Er hielt inne und stand auf.

»Und weiter, Tony?«

Er kniete sich wieder hin. »Der Alte starrt mich nur an, als ob ich ein Geist oder eine Erscheinung wäre. Dann sagt er, ich solle verschwinden. Das ist alles. Ich lasse ihm meine Karte da, falls er seine Meinung ändern sollte. Und dann bin ich gegangen.«

Ich lehnte mich zurück und schloß die Augen. Das Spiel hatte begonnen, wie es so schön heißt. Und meinen ersten Aufschlag hatte ich durchgebracht.

»Brauchst du mich im Moment noch?« fragte Basillio ironisch.

»Nein«, sagte ich, »aber könntest du mir den Schlüssel für deinen Laden geben? Ich möchte heute abend vorbeischauen und sehen, ob Jack Be Quick auch zu fressen hat.«

»Wie lange soll das Vieh eigentlich in meinen Geschäft bleiben?« fragte er.

»Nicht lange, Tony, nicht lange.«

»Ich muß los«, sagte er, tätschelte mir sehr zärtlich die Wange, zweifellos ein Ausdruck von Kameradschaftlichkeit, und weg war er. Jetzt mußte ich schnell handeln – schnell und vorsichtig.

Harry Hanks saß hinter einem Schreibtisch, der anscheinend aus den Beständen einer Versicherungsgesellschaft entwendet worden war – er war groß und modern, und die Platte war orange gestrichen, was nun so gar nicht mit der grün-weißen Farbgebung des Polizeireviers harmonieren wollte.

Er las die *Daily News*, die er vor sich auf dem Tisch ausgebreitet hatte, als ob er auf der Suche nach Anzeigen mit Sonderangeboten wäre.

Ich stand lange vor dem Tisch, bevor er überhaupt Notiz von mir nahm, und als er mich endlich bemerkte, erkannte er mich nicht.

»Kann ich mich setzen?« fragte ich und zeigte auf den leeren Stuhl neben dem Tisch.

»Was kann ich für Sie tun, Lady?«

Ich setzte mich und wartete darauf, daß er die Zeitung zusammenfaltete und mir seine uneingeschränkte Aufmerksamkeit zuteil werden ließ. Aber er starrte weiterhin stur in seine Zeitung.

»Erinnern Sie sich nicht an mich?«

»Nicht genau«, sagte er.

»Wir hatten vor dem Gramercy-Park-Hotel eine Unterhaltung ... über Bruce Chessler.«

Er grinste. Jetzt erinnerte er sich. »Ja, Sie sind die Lehrerin, die einen Schüler verloren hat.«

Sein Sarkasmus ging mir zwar auf die Nerven, aber jetzt hatte ich wirklich keine Zeit, mich auf einen verbalen Schlagabtausch mit ihm einzulassen.

»Bruce Chessler ist nicht bei einer Schießerei umgekommen, die mit Drogen zu tun hatte«, sagte ich.

Plötzlich richtete er sich auf, faltete die Zeitung entnervt zusammen und warf sie auf den Tisch.

»Was sagen Sie da, Lady?«

»Ich sagte, daß Bruce Chessler nicht wegen eines Drogengeschäfts ermordet wurde, wie Sie behauptet haben.«

»Ach ja?«

»Da Ihre Bemühungen, den Fall aufzuklären, ja nicht viel gefruchtet zu haben scheinen, sollten Sie vielleicht ganz froh sein, daß ich Ihnen das mitteile.«

»Ich bin froh, Lady. Ich bin so froh, daß ich mich vor Freude kaum halten kann. Denn wenn ich auch nur die kleinste Bewegung mache, dann falle ich auf den Boden und kullere aus dem Fenster, und dann können sie mich unten vom Pflaster kratzen, da lache ich dann wahrscheinlich immer noch, so froh bin ich.«

Es folgte ein längeres Schweigen. Mir war klar gewesen, daß es nicht ganz einfach sein würde – aber solche Schwierigkeiten hatte ich nicht erwartet. Ich kramte in meiner Tasche und holte den Artikel aus der *New York Times* über mich hervor, in dem stand, wie sehr das Nassau County Police Department mich gelobt hatte, weil ich den Mordfall Starobin aufgeklärt hatte. Er las den Artikel und reichte ihn mir wieder zurück.

»Und was soll ich Ihrer Meinung nach jetzt sagen, Lady?«

»Nichts. Ich möchte lediglich, daß Sie ernst nehmen, was ich Ihnen mitzuteilen habe.«

»Und was haben Sie mir mitzuteilen?«

»Daß Bruce Chessler nicht wegen Drogen ermordet wurde.«

»Okay, Lady, wenn Sie meinen.«

»Und außerdem«, fügte ich hinzu, »bin ich kurz davor, Ihnen die ganzen Zusammenhänge der Verschwörung erläutern zu können.«

»Was für eine Verschwörung?«

»Das ist eine lange Geschichte. Jedenfalls ist es eine kriminelle Verschwörung.« Sollte ich ihm erzählen, daß Arkavy Reynolds und Bruce Chessler mit derselben Waffe erschossen worden waren? Nein! Ich war entschlossen, nicht einmal Arkavys Namen zu erwähnen. Das würde zur Folge haben, daß ich auch über Detective Felix sprechen mußte … es würde auch andere Zuständigkeitsbereiche betreffen … und einen Haufen Papierkram mit sich bringen. Und Bullen hassen bürokratischen Papierkram.

Hanks fegte mit einer wütenden Handbewegung die *Daily News* vom Tisch auf den Boden. »Und haben Sie Beweise für diese sogenannte Verschwörung? Natürlich haben Sie die. Habe ich recht? Und Sie wissen natürlich auch die Namen der Mörder? Habe ich recht, Lady? Deswegen sind Sie hier und rauben mir den letzten Nerv, weil Sie all diese Dinge wissen, von denen wir blöden Bullen keinen blassen Schimmer haben. Habe ich recht?«

Ich wartete, bis sein Zorn sich ein wenig gelegt hatte. Er war wirklich ein schwieriger Mensch. Sehr schwierig.

»Ich muß Ihnen jetzt etwas sehr Merkwürdiges erklären.«

»Bis jetzt war alles, was sie mir erzählt haben, sehr merkwürdig, Lady.«

»Nicht weit von hier ist eine Katze in einem Copy-Shop.«

»Ach wirklich?«

»Und in den nächsten paar Stunden wird jemand versuchen, diese Katze zu stehlen.«

»Das wird ja immer spannender.«

»Und die Person, die versuchen wird, die Katze zu stehlen, ist dieselbe Person, die Bruce Chessler umgebracht hat.«

»Und Sie werden sich also mit Ihrer Videokamera in

diesem Copy-Shop verstecken, meinen Sie das? Und danach werden Sie das Band an die Nachrichten auf *Channel Seven* verkaufen und ein Buch über diese große kriminelle Verschwörung schreiben ... oder war es eine Katzen-Verschwörung?«

»Sie können mich wirklich nicht ausstehen, nicht wahr, Detective?«

»Da liegen Sie ganz falsch, Lady. Ich habe nur weder Zeit noch Lust, mir Märchen anzuhören.«

Ich beugte mich über den Tisch und schrieb die Adresse auf einen kleinen Block. Er schaute, was ich geschrieben hatte.

»Wenn Sie sich die Zeit nehmen, den Abend mit mir dort zu verbringen und auf den Einbrecher zu warten, dann werde ich Ihnen beweisen, daß das keine Märchen sind.«

»Natürlich, Lady. Wenn ich heute endlich Feierabend habe, dann habe ich garantiert nichts Besseres zu tun, als wer weiß wie lange in einem Copy-Shop Ihr Händchen zu halten, während wir auf eine Katze aufpassen.«

»Aber genau das sollten Sie tun, Detective Hanks.«

»Nein, Lady, da habe ich eine bessere Idee.«

Er riß einen Zettel vom selben Block ab, auf dem ich geschrieben hatte, schrieb etwas drauf und drückte es mir in die Hand.

»Und wenn ich Feierabend habe«, sagte er, »dann gehe ich nach Hause, dusche, nehme ein paar Drinks, dann esse ich was, danach schaue ich mir vielleicht eine Baseballpartie an, und dann gehe ich ins Bett. Aber wenn Sie in diesem Laden sitzen und auf Ihre Katze aufpassen, und dann kommen die Mörder, dann sagen Sie ihnen einfach, sie sollen noch einen Moment warten, weil sie eben kurz jemand anrufen müssen. Das ist meine Privatnummer, Lady.«

Diese ganze Begegnung war von Anfang an in die Hose gegangen. Das war zum großen Teil meine Schuld. Ich hatte nicht davon ausgehen können, daß Detective Harry Hanks mir in irgendeiner Weise helfen würde, bevor ich ihn mit unumstößlichen Beweisen überzeugte. Ich hatte ja schon einiges herausgefunden, aber es war noch zu früh, um darüber zu sprechen. Vielleicht hätte Hanks meine Entdeckungen ja für wichtig gehalten. Für mich waren es bisher lediglich Hinweise. Aber es war nicht nur das. Hanks hielt mich für eine Dilettantin – egal, wie viele Zeitungsausschnitte mit Lobeshymnen auf meine kriminalistischen Erfolge ich ihm zeigte. Und ich meinerseits hielt Hanks für einen arroganten Scheißkerl.

Ich knüllte den Zettel zusammen und ließ ihn in meine Tasche fallen, wie ein wenig vertrauenerweckendes klebriges Bonbon, das einem jemand geschenkt hat, dessen Gefühle man nicht verletzen will.

»Wissen Sie, Detective Hanks«, sagte ich, »egal, wie schwer es Ihnen auch fallen mag, das zu glauben: Wir haben ein gemeinsames Interesse.«

»Und das wäre?«

»Der oder die Mörder von Bruce Chessler.«

»Na prima. Rufen Sie mich an, wenn Sie Hilfe brauchen«, sagte er, und ich merkte, daß er sich sehr beherrschen mußte, um seinen Sarkasmus und sein Mißtrauen nicht durchklingen zu lassen und sich gleichzeitig von einer Frau zu distanzieren, mit der er offensichtlich schlecht umgehen konnte. Er wandte sich mir nicht zu, ein eindeutiges Zeichen, daß er gar nicht erwarten konnte, daß ich endlich verschwand.

Ich stand auf und ging zur Tür.

»Warten Sie«, hörte ich ihn sagen.

Ich ging nicht wieder auf ihn zu; ich blieb lediglich stehen.

»Ich habe Ihren Namen vergessen«, sagte er.

»Alice Nestleton«, antwortete ich.

»Schauen Sie, Miss Nestleton, Sie wissen, daß ich den Mörder dieses Jungen finden will. Mindestens genauso gern wie Sie.«

»Davon gehe ich aus».

»Dann geben Sie mir irgendwas Hieb- und Stichfestes, und ich werde mich darum kümmern.«

»Das ist genau das, was ich vorhabe«, erwiderte ich.

21

Ich hatte Basillios Drehstuhl in den langen Flur zwischen dem Büro und dem Laden geschoben. Es war still und dunkel. Eine einzige Lampe brannte über einem der großen Kopiergeräte und erleuchtete den Flur schwach.

Jack Be Quick knabberte an einer Portion Huhn, die ich ihm auf dem Weg hierher besorgt hatte.

Ab und zu blickte er mich scheu an.

»Sie kommen dich holen, Jack«, sagte ich.

»Drei alte Russen kommen dich holen, weil sie glauben, du bist weiß mit schwarzen Flecken.«

Jack schien das nicht das geringste auszumachen.

Ich beugte mich vor und betrachtete ihn. Diese Rasse war wirklich unglaublich schön mit ihrem geheimnisvollen, wilden Flair. Es war wirklich wahr – Abessinier waren von der Wüste Ägyptens durchdrungen.

Dann lehnte ich mich zurück. Ich war müde, aber fest entschlossen. Ich hatte keine Ahnung, welcher der drei alten Männer durch die Tür kommen würde. Vielleicht alle drei. Das war mir auch gleichgültig. Ich war nicht hier, um das herauszufinden, sondern um eine Bestätigung für meine Theorie zu bekommen. Das würde das letzte Stückchen im Puzzle sein, und ich könnte es endlich der Welt präsentieren. Die Welt? Ich dachte schon wieder wie eine Schauspielerin, nicht wie eine Detektivin. Es war komisch. Die Welt scherte sich einen Dreck um Bruce Chessler. Und die Welt interessierte sich auch nicht für die merkwürdigen, verschlungenen Pfade dieser russischen Emigranten, die jetzt in ihren sauer verdienten Häusern eingesperrt waren, Gott weiß welche Gedanken hegten und von geriatrischen Erinnerungen besessen waren.

Die Zeit verging langsam. Sehr langsam. Immer und immer wieder ging ich zu den beiden Türen, durch die irgend jemand hereinkommen sollte. Die Vordertür zum Laden und die Seitentür, die vom Büro auf die Straße führte.

Welche der beiden würde es wohl sein? Was machte das aus? Wie würden sie wohl einbrechen? Auch das war nicht wichtig.

Um Mitternacht schob ich den Drehstuhl zurück ins Büro hinter den Schreibtisch. Ich setzte mich und drehte mich im Dunkeln hin und her.

Jack Be Quick sprang auf den Tisch. Seine grünen Augen leuchteten. Er inspizierte den Tisch und knurrte tief, aus dem Bauch heraus. Hatte er immer noch Hunger? Wollte er Wasser? Aber Futter und Wasser waren noch da.

»Erzähl mir was, Jack«, sagte ich zu ihm.

Er kam vorsichtig näher.

»Einen Groschen für deine Gedanken, Jack.«

Er reckte sich, streckte seine Beine und seine dicken Pfoten. Dann machte er einen Buckel. Gibt es etwas Schöneres als eine hübsche Katze, die sich im Halbdunkel reckt?

Meine Gedanken wanderten zu Grablewski und zu Bruce Chessler. Es war schon erstaunlich, daß sie immer zusammen auftauchten. Und es war irgendwie traurig, daß meine Gedanken, wenn sie sich mit Männern beschäftigten, selten ehemalige Liebhaber zum Inhalt hatten ... sondern immer verhinderte Liebhaber – Männer, die nie meine Liebhaber gewesen waren ... die es jetzt nicht waren ... und niemals sein würden.

Als ich wieder aufschaute, war Jack Be Quick vom Tisch verschwunden. Ich konnte seinen Schatten an einer der Wände sehen.

Plötzlich wurde mir klar, daß ich überhaupt nichts dabei hatte, keinerlei Waffe für den Fall, daß es Ärger geben würde. Ich hatte nicht einmal meine Tasche oder einen Schal. Ich war in den Mutter-Courage-Copy-Shop gekommen wie ein buddhistischer Mönch, nur mit meinen Kleidern. Warum? Ich wußte es nicht. Es war merkwürdig. Vielleicht wollte ich diese tiefverzwickte Verschwörung ohne irgendwelche Hilfsmittel lösen, oder vielleicht hatte es mich bereits so viel geistige und körperliche Energie gekostet, an diesen Punkt der Aufklärung zu gelangen, daß ich jetzt, wo es an die Lösung ging, gleichsam nackt sein mußte.

Plötzlich schallte das schrecklichste Geräusch, das mir je im Leben zu Ohren gekommen war, durch den Laden.

Ich bewegte mich nicht. Das Geräusch schien meine

Knochen zu spalten … mich erschaudern zu lassen … meinen Willen zu brechen. Ich konnte mich nicht rühren.

Wieder und wieder … lauter und lauter … es hörte einfach nicht auf. Ich schloß die Augen und kauerte mich in meinem Stuhl zusammen.

Glas. Es klang wie zerspringendes Glas. Jemand warf die Schaufensterscheibe des Ladens ein.

Ich hielt mir die Ohren zu. Ich stand auf. Ich preßte meine Hände so fest auf meine Ohren, bis sie schmerzten. Ich rannte durch den Flur und dann zur Vorderseite des Ladens. Ich wußte überhaupt nicht, was ich tat. Ich hatte keine Ahnung, was hier vor sich ging.

Ich ließ die Hände von den Ohren sinken. Da war das Geräusch wieder … splitternd, berstend, klirrend … entsetzlich.

Jetzt konnte ich auch etwas sehen.

Jemand warf das Schaufenster ein.

Ich fing an zu schreien.

Jetzt kam eine Gestalt durch das Fenster in den Laden.

Ich sah mich um, verweifelt auf der Suche nach irgend etwas, um den Eindringling aufzuhalten.

Und dann herrschte plötzlich absolute Stille. Es war so still, daß ich das Tappen der Pfoten von Jack Be Quick hören konnte.

Und der Eindringling hörte sie auch – er war schließlich wegen einer Katze gekommen, der weißen Katze, die es gar nicht gab.

Wo war der Lichtschalter? Ich dachte verzweifelt nach. Da mußte doch irgendwo ein Schalter an der Wand sein. Wo war er nur? Ich ließ meine Hand über die Wand gleiten wie eine Blinde. Plötzlich fühlte ich etwas. Ich drückte. Der ganze Laden war hell erleuchtet.

Vor mir stand, eine Eisenstange in der Hand, eine kleine schwarze Frau mit kahlgeschorenem Kopf.

Mein Gott, das war die Dichterin! Die junge Frau aus der Bar! Es war Elizabeth.

Sie starrte mich an. Erschöpft. Verängstigt. Nach Luft schnappend.

Sie ließ die Eisenstange fallen, mit der sie das Fenster eingeschlagen hatte. Die Stange schlug klirrend auf den Boden. An ihren Handgelenken war Blut.

»Was machen Sie denn hier?« flüsterte sie heiser. Sie war völlig verängstigt.

»Ich bin hier, um zu verhindern, daß Sie die weiße Katze kriegen«, sagte ich.

Ich rannte nach hinten, nahm Jack Be Quick auf den Arm, ging auf sie zu und hielt ihr den große, rötlichbraunen Abessinier-Kater unter die Nase.

»Wie Sie sehen, gibt es hier keinerlei weiße Katze. Wir haben nur auf Sie gewartet.«

Ihre Augen glitten über die Wände, die Fenster, die Kopierer, als wenn sie nach einem Fluchtweg suche.

»Wer hat Sie geschickt?« fragte ich.

Sie schien sich völlig in sich zurückzuziehen.

»War es Bukai ... oder Tschederow ... oder Mallinova?«

Sie schüttelte den Kopf. »Diese Namen habe ich noch nie gehört.«

»Wer dann?«

»Ich weiß nicht, wie er heißt.«

»Hat er Sie bezahlt?«

»Nein. Er zahlte nicht. Für das damals in der Bar, dafür hat er bezahlt. Ich mußte Bruce identifizieren. Und dann hat er mich erpreßt. Er hat gesagt, wenn ich hier einbreche und die weiße Katze hole, dann würde er alles vergessen. Wenn nicht, würde er mich bei der Polizei wegen Beihilfe zum Mord anzeigen.«

»Und warum haben Sie Bruce identifiziert?«

»Ich hatte keine Ahnung, daß er umgebracht werden sollte, ich hatte keinen blassen Schimmer. Ich brauchte nur ein bißchen Geld. Sie wissen schon – Geld für Bücher und so'n Zeug. Glauben Sie mir nicht? Ich hatte wirklich keine Ahnung.«

Ihre Beine gaben nach. Sie taumelte zu Boden. Ich dachte an unser Gespräch in der Bar, über diesen indischen Philosophen, Pantajali.

»Wieviel hat er Ihnen gezahlt?«

»Fünfhundert Dollar.«

»Und was hat er für diese Summe noch gekriegt?«

»Nichts, das schwöre ich. Ich mußte nur die Nische in der Bar freihalten und dafür sorgen, daß Bruce reinkam, damit er nicht denken sollte, die Bar sei zu voll und anderswohin gehen würde. Das war alles, was ich tun mußte. Mich in der Nische so lange mit Bruce unterhalten, bis er kam.«

»Wer ist er?«

»Ich habe Ihnen schon gesagt, ich kenne seinen Namen nicht.«

Sie fing an zu weinen. Sie hob die Arme, wie um etwas zu erklären, und ließ sie dann wieder sinken.

»Haben Sie seine Telefonnummer?«

»Ja.«

»Geben Sie sie mir.«

Sie schüttelte den Kopf. Sie hatte ganz offensichtlich Angst.

»Geben Sie sie her«, sagte ich und ging auf sie zu.

Sie sah mich an, als ob sie überlege, was für eine Art Bedrohung ich eigentlich darstellte, wie weit ich wohl gehen würde. Sie wußte, daß ihr das Wasser bis zum Halse stand und daß sie in jedem Fall Ärger bekommen würde – entweder mit der Polizei oder mit ihrem Auftraggeber.

Dann kramte sie einen zusammengeknüllten Zettel aus ihrer Tasche.

Auf die eine Seite war mit Bleistift eine Telefonnummer geschrieben. Ich wählte die Nummer. Ein Anrufbeantworter meldete sich: »Sie sind mit dem Anschluß von Sedaka und Sohn, Diamantenhandlung, verbunden. Wenn Sie von einem Tastentelefon aus anrufen, wählen sie bitte die Eins für unsere Rechnungsabteilung … die Zwei um einen Termin zu vereinbaren … die Drei, falls Sie privat anrufen. Danke.« Der Hörer glitt aus meiner Hand genau auf die Gabel.

Ich lächelte verbissen. Alles lief nach Wunsch. Jack Be Quick begab sich königlichen Schrittes zu seinem Napf und erschreckte die Dichterin, indem er seinen Rücken an ihrem Knie rieb. Sie schien noch weiter in sich zusammenzufallen.

22

Ich saß neben Detective Harry Hanks in seinem Streifenwagen und hatte Jack Be Quick auf dem Schoß. Wir standen in der zweiten Reihe, gegenüber dem Café *Vivaldi.*

Es war nicht leicht gewesen, ihn hierher zu lotsen. Die Szene auf dem Polizeirevier war sehr emotionsgeladen gewesen.

»Und was soll ich Ihrer Meinung nach jetzt tun? Wollen Sie, daß ich das Mädchen festnehme, weil sie die Fensterscheibe Ihres Freundes eingeschlagen hat? Okay. Das kann ich machen. Oder wollen Sie, daß ich sie wegen versuchter Entführung einer weißen Katze einloche, die, wie sich später herausstellt, gar keine weiße Katze ist?« Offensichtlich blickte er überhaupt nicht mehr durch. Er fuchtelte mit dem Finger in der Luft herum, um seine Worte zu unterstreichen. »Oder soll ich sie wegen Beihilfe zum Mord verhaften? Das ist es doch, oder nicht? Derselbe Kerl, der sie dafür bezahlt hat, die Katze zu stehlen und Bruce Chessler zu identifizieren, hat Bruce Chessler auch ermordet.«

»Beruhigen Sie sich, Detective.«

»Beruhigen Sie sich lieber, Lady. Dieses kleine schwarze Mädchen hat an diesem Abend in der Bar niemanden gesehen, den sie kannte. Sie war da, als die Schüsse fielen, aber sie kannte den Mann nicht, der sie abgegeben hat. Waren Sie schon mal in dieser Bar, Lady? Da, wo der Junge saß, können Sie die Hand nicht vor Augen sehen. Wollen Sie also, daß ich das schwarze Mädchen und den Diamantenhändler aufgrund einer Telefonnummer festnehme? Das kann nicht Ihr Ernst sein.«

»Ich habe noch eine Menge mehr Beweise.«

»Wo? In Ihrem Notizbuch? In Ihren Schuhen?«

»Nein, in einem Café ganz hier in der Nähe.«

Und jetzt waren wir also – nach einer weiteren Auseinandersetzung – hier, in diesem Streifenwagen und schauten gegen das grelle Sonnenlicht auf die andere Straßenseite in das Innere des Cafés.

»Diese drei alten Russen … woher wissen Sie eigentlich, daß die jetzt da drin sind? Ich sehe überhaupt nichts.«

»O, sie sind bestimmt da drin«, sagte ich. »Der Besitzer des Cafés hat es mir erzählt. Sie treffen sich seit Jahren immer am letzten Donnerstag des Monats.«

»Hören Sie mal, Lady«, sagte er entnervt, »ich habe wirklich keine Lust, mich weiter mit Ihnen zu streiten. Sagen Sie mir, was ich tun soll, und ich tu's. Aber Sie müssen versprechen, mich danach in Frieden zu lassen.«

»Gehen Sie mit mir hinein, Detective, und beschützen Sie mich, wenn ich die drei zur Rede stelle«, sagte ich.

»Also nach dem, was Sie mir über ihr Alter erzählt haben ... glauben Sie wirklich, daß die gefährlich sind?« fragte er.

»Das werden wir ja sehen?«

»Brauchen wir dazu wirklich die Katze?«

»O ja, die brauchen wir unbedingt«, gab ich zurück.

Wir ließen den Wagen in der zweiten Reihe stehen und schlossen die Türen. Zu dritt – Jack Be Quick inklusive – betraten wir das Café *Vivaldi.*

Die drei alten Männer saßen an demselben Tisch, an dem sie beim letzten Mal gesessen hatten – damals, als ich Bukai bis zu der Zoohandlung in der Hudson Street verfolgt hatte, wo die weißen Katzen untergebracht waren.

Einen Augenblick lang hatte ich Angst ... große Angst ... nicht körperlich ... und ich preßte Jack Be Quick so fest an mich, daß er ein langgezogenes, dumpfes Knurren ausstieß.

Bei dem Geräusch drehten sich die drei nach mir um. Ich war noch nie so nah an Tschederow und Mallinova herangekommen. Tschederow hatte dichte weiße Haare, die in das faltigste Gesicht fielen, das ich im Leben gesehen hatte. Mallinovs Gesicht war dünn und schmerzverzerrt. Sie waren alle drei in Anzüge gezwängt, wie Angehörige des Aufsichtsrats einer schon lange geschlossenen Bank.

»Darf ich mich zu Ihnen setzen, Mr. Bukai? Wir kennen uns, erinnern Sie sich. Und dies ist mein Freund, Detective Harry Hanks.« Bei dem Wort »Detective« blickten sie einander an. Sie sagten nichts. Detective Hanks zog zwei Stühle an den großen runden Tisch. Wir setzen uns. Ich hatte Jack Be Quick noch immer auf dem Arm.

Jeder der alten Männer hatte einen doppelten Espresso vor sich, und in der Mitte des Tisches standen zwei unberührte Teller mit italienischem Käsekuchen.

Es verging eine Ewigkeit, und niemand sagte ein Wort. Ich konnte hören, wie Bukai links neben mir schwer atmete.

Also mußte ich das Wort ergreifen. An wen sollte ich es richten? Schließlich wollte ich sie anklagen. Aber wer von den dreien sollte der Angeklagte sein? Meine Wahl fiel auf den Detective. Ich würde Harry Hanks ansprechen.

Gleich würde ich das Stück aufführen müssen, gegen das ich mich immer gewehrt hatte: ein Eine-Frau-Stück, das nur aus Fakten bestand. Aber ich hatte keine andere Wahl.

Ich fing an. Detective Hanks war das Publikum. Die anderen drei beachtete ich gar nicht.

»Wir sitzen hier mit drei reichen alten Männern an einem Tisch. Sie kamen ohne einen roten Heller nach Amerika, und alles, was sie hatten, war ihr Ruf als Schauspieler, als Mitglieder der renommiertesten Theatergruppe der Welt – des Moskauer Künstler-Theaters.

Heute sind sie wohlhabende Männer. Aber wie sind sie zu so viel Geld gekommen?

Ich werde es Ihnen sagen. In den fünfziger Jahren gründeten sie eine Theatergruppe – die Nikolai-Gruppe, die zehn Jahre existierte.

Jedes Jahr machte die Gruppe eine Tournee nach Süd- oder Mittelamerika.

Ich habe mir ihre Tourneepläne für all diese Jahre angeschaut. Und die sind sehr merkwürdig. Es ist doch sonderbar, daß sie immer nur Länder oder Städte besucht haben, in denen entweder die wirtschaftliche oder die politische Lage gerade prekär war. Ist das nicht komisch? Jeder normale Mensch würde doch denken, daß eine Theatergruppe gerade solche Orte lieber meidet. Und das tun auch alle Theatergruppen. Aber die Nikolai-Gruppe nicht, nein, die nicht.«

Ich hielt inne und schaute in die Runde. Mallinova war sehr blaß. Bukai schnitt Grimassen und rührte mit einem winzigen Silberlöffel in seinem Espresso.

»Sehen Sie«, fuhr ich fort, »sie machten diese Tourneen aus rein ästhetischen Gründen. Sie schmuggelten nämlich Diamanten ein und Bargeld aus. Denn in Südameria ist es Tradition, Geld in unruhigen Zeiten – Revolutionen, Kriege, Inflation – in Diamanten anzulegen. In Frankreich und im Mittleren Osten investiert man in Gold, in Südamerika in Diamanten.«

Hanks zog die Augenbrauen hoch. Ich langte über den Tisch und gab ihm das Blatt, das ich vorbereitet hatte: In der einen Spalte stand der Tourneeplan der Gruppe in Südamerika, in der anderen die zeitgleichen politischen, sozialen und wirtschaftlichen Krisen. Hanks las aufmerksam beide Listen.

»Das sind in der Tat erstaunliche Übereinstimmungen«, bemerkte er. Er legte das Blatt in die Mitte des Tisches, damit die drei alten Männer es lesen sollten. Keiner machte auch nur die geringsten Anstalten, das Blatt zu nehmen.

»Aber das können genausogut Zufälle sein«, fügte Hanks hinzu.

Ich fuhr fort. Allmählich fühlte ich mich wohl in dieser Rolle. Ich spürte eine analytische Kraft in mir ... und ich fühlte, daß ich diese Kraft auch ausstrahlte.

»Wir alle wissen, daß Mr. Bukai Teilhaber einer Diamantenfirma ist, die heute von einem Herrn namens Sedaka geführt wird. Dessen Vater, Daniel Sedaka, starb 1972. Er starb zufrieden, zu Hause, im Kreise seiner Familie. Aber in Ihren Archiven werden Sie nachlesen können, Detective Hanks, daß am 11.Mai 1949 in einer inzwischen eingegangenen Zeitung namens *Daily Mirror* ein Artikel erschien, der schildert, daß drei Personen wegen des Diebstahls einer nicht unerheblichen Schiffsladung Diamanten, die von Amsterdam nach New York unterwegs war, angeklagt waren. Eine dieser Personen war Daniel Sedaka. Die Diamanten verschwanden in Toronto. Mr. Sedaka senior kam vor Gericht, aber die Geschworenen haben ihn nicht verurteilt. Immer, wenn sich eine günstige Gelegenheit bot, wurden diese Diamanten auf dem schwarzen Markt in Südamerika für enorme Summen Bargeld verkauft. Ein großartiges Geschäft.«

Mallinova winkte nach dem Kellner und bedeutete ihm, daß er ein Glas Wasser wolle. Ich wartete, bis das Wasser kam.

»Eines Tages«, fuhr ich fort, »löste sich die Nikolai-Gruppe auf, und alle waren zufrieden. Aber dann betritt dieser verrückte junge Mann die Bühne. Er ist der

Enkel einer Kollegin – Maria Swoboda. Ich spreche von Bruce Chessler.«

Mallinova trank sein Wasser. Ich sah, wie er über den Rand des Glases Bukai einen Blick zuwarf.

»Nun war Bruce Chessler ein junger Mann, der eine Menge Probleme hatte. Er lebte am Rande des Abgrunds ... das typische, bemitleidenswerte Leben eines arbeitslosen Schauspielers, der sich in schlechten Zeiten durch Handel mit Drogen über Wasser hält. Einer seiner Kunden war ein Typ aus der Theaterszene namens Arkavy Reynolds. Eines schönen Tages brauchte Arkavy vermutlich Stoff und hatte kein Geld, also gab er Bruce Chessler statt dessen ein paar Informationen. Schmutzige Informationen ... über ein paar ehrenwerte Leute. Arkavy dachte wahrscheinlich, Bruce würde die Geschichte von ihren Diamantenschmuggeleien lustig finden. Woher Arkavy von der ganzen Sache wußte, werden wir nie erfahren. Aber er war immer schon eine sehr ergiebige Quelle. Bruce fand es jedenfalls gar nicht komisch. Bruce liebte das Theater leidenschaftlich, und er haßte diejenigen, die es verderben. Die Scheinheiligkeit der Kollegen seiner Großmutter – dieser Heiligengestalten aus dem Moskauer Künstler-Theater – ließ ihm keine Ruhe. Da sie schließlich selbst Diebe waren, überlegte er, würde er ihnen eben auch etwas stehlen.

Aber Bruce Chessler stahl ihnen kein Geld. Er stahl etwas, an dem die alten Russen viel mehr hingen – ihre letzte Verbindung zu Stanislawskij, zur Tradition des Moskauer Künstler-Theaters. Wissen Sie, Stanislawskij hatte einen weißen Kater mit schwarzen Flecken im Gesicht und auf dem Schwanz, der Konstantin hieß. Dieser Kater zeugte Nachkommen, und bald gab es eine ganze Menge von diesen Katzen. Und als die Emigranten Rußland verließen, nahmen sie ihre Katzen mit und züchteten sie hier in Amerika weiter. Wenn Sie sie sehen wollen, Detective Hanks, können wir in eine Zoohandlung in der Hudson Street gehen, wo drei davon zur Zeit untergebracht sind. Drei weiße Katzen mit schwarzen Flecken. Sie gehören diesen alten Herren hier, und die hatte Bruce Chessler ihnen gestohlen.

Es war ziemlich kindisch von ihm, alten Leuten ihre Katzen zu stehlen. Und dann hat er sie einfach weggegeben. Er hat sie weggegeben, weil er irgendwie gemerkt hat, daß er zu weit gegangen war ... daß die drei alten Männer Angst hatten, daß er zur Polizei gehen und von ihrer Diamantenschmuggelei vor so vielen Jahren erzählen würde. Den alten Männern kam nie in den Sinn, daß Bruce Chessler absolut keine Beweise hatte und daß das Verbrechen auch längst verjährt war. Aber was sie vor allem bewahren wollten, war ihr guter Ruf ... ihr Künstlerstatus ... als würdige Hüter der großartigen Tradition des Moskauer Künstler-Theaters. Und daher mußten unsere drei älteren Freunde hier dafür sorgen, daß dieser unvernünftige, rachsüchtige junge Mann von der Bildfläche verschwand. Schließlich bedrohte er ihre Unsterblichkeit. Sie handelten mörderisch. Sie schüchterten Sedaka junior so lange ein, bis er Bruce Chessler und seinen Informanten Arkavy Reynolds umbrachte und die Katzen wieder zurückstahl.

Wie Sie sehen, waren die Russen nicht nur stille Teilhaber in der Diamantenfirma. Sie hatten die Aktienmehrheit. Wenn Sedaka es abgelehnt hätte, ihren Wünschen nachzukommen, hätten sie ihn ohne weiteres rauswerfen können. Und Sedaka hat einen ziemlich aufwendigen Lebensstil. Er tötete lieber, als arm zu sein. Ich bin sicher, Detective Hanks, wenn Sie den Herrn Diamantenhändler ein wenig unter Druck setzen, wird er seine Wohltäter mit Vergnügen belasten, damit sein eigenes Urteil etwas milder ausfällt.«

Ich lehnte mich zurück. Ganz plötzlich fühlte ich mich erschöpft und völlig leer. Meine Stimme hatte angefangen zu zittern.

Detective Hanks fixierte mich, offenbar noch ganz im Bann meiner Geschichte.

Ich wandte mich Bukai zu. Auch er starrte mich an. Ich lächelte ihm zu.

Er nahm seine Espressotasse und schüttete mir den Inhalt ins Gesicht. Es ging so schnell, daß ich dem lauwarmen Kaffee nicht ausweichen konnte. Er ergoß sich über mich.

Hanks stand ruckartig auf und ging auf den alten Mann zu. Ich hob meine Hand, um ihn aufzuhalten. Widerwillig setzte er sich wieder hin.

Ich wischte den Kaffee mit Bukais Taschentuch vorsichtig weg, dann putzte ich Jack Be Quicks Schnauze ab, die ebenfalls Kaffee abgekriegt hatte.

»Ja«, sagte ich, »diese alten Herren lieben ihre weißen Katzen so sehr, daß sie vor fast nichts zurückschrekken, um sie wiederzubekommen. Sie wollten sogar Jack Be Quick haben. Ich hatte ein Foto von ihm ein bißchen präpariert, so daß er wie eine weiße Katze mit schwarzen Flecken aussah. Warum? Weil sie dachten, Bruce Chessler hätte diese Katze bei einem anderen Emigranten gestohlen. Sie waren die Hüter der weißen Katzen … als ob das ihre Schuld wettgemacht hätte. Dumme, bemitleidenswerte alte Männer, bereit, alles zu tun, um mit ihrem würdigen Prestige zu sterben.«

Ich stand auf und setzte Jack Be Quick in die Mitte des Tisches.

»Es gibt einen Grund, weshalb ich Jack Be Quick als Double für eine der weißen Katzen benutzen konnte. Diese weißen Katzen haben eine unglaubliche körperliche Ähnlichkeit mit Abessiniern – und Jack Be Quick ist ein Abessinier-Kater. Aber sie sind keineswegs Abessinier ... sie sind ganz ordinäre alte Garderobenkatzen aus dem Moskauer Theater.«

Ich drehte Jack Be Quick vorsichtig auf den Rücken und begann seinen Bauch zu kraulen. Er lag vollkommen zufrieden da.

»Sehen Sie ihn sich an, Detective Hanks«, sagte ich.

»Ich sehe ihn an. Und jetzt?«

»Können Sie sehen, was Abessinier von allen andern Katzen unterscheidet ... warum sie ähnlich wie Pumas aussehen?«

»Die Pfoten ... sie sind größer.«

»Nein, die Zehen, nicht die Pfoten. Sie haben größere Zehen und Ballen.«

»Okay, und was soll das?«

»Nun, Detective, warum schauen Sie nicht einmal in Jack Be Quicks linker Vorderpfote nach?«

»Warum?«

»Er hat ein hübsches Geschenk für Sie.«

Er griff herüber, spreizte vorsichtig die Pfote und sagte: »Da ist irgendwas drin.«

»Genau.« Ich holte einen kleinen glitzernden Stein heraus.

»Haben sie die Diamanten auf diese Weise geschmuggelt? Ich weiß, daß die südamerikanischen Quarantänebestimmungen ein Witz sind, aber ...«

Ich lachte. Es machte einen Heidenspaß, den Detective an der Nase herumzuführen, aber einmal mußte es genug sein.

»Ich habe keine Ahnung, wie sie die Diamanten hinein und das Geld herausgeschmuggelt haben, Detective. Vielleicht in ihrer Unterwäsche. Aber damals, in der Zeit vor den drogensüchtigen Rockbands, wurden reisende Theaterensembles niemals vom Zoll kontrolliert – nirgends. Das war ein ungeschriebenes Gesetz. In den fünfziger Jahren gab es zum Beispiel eine berühmte englische Ballerina, die häufig mit ihrer Truppe in dieses Land kam und jedesmal ihren ständigen Begleiter mitbrachte – eine Flasche polnischen Wodka ... und damals war es streng verboten, Alkohol in die Vereinigten Staaten einzuführen. Niemand hat sie je belästigt. Damals, bevor wegen der Rockbands andere Saiten aufgezogen werden mußten, konnten Künstler auf Tournee in jedes Land einführen, was immer sie wollten – und ausführen, was immer sie wollten, solange sie es unauffällig taten.«

Ich ließ das Straßsteinchen in Bukais leere Espressotasse fallen. Jack Be Quick stolzierte hinüber, um zu inspizieren, was er da in der Pfote gehabt hatte.

Der Kellner legte die Rechnung auf den Tisch. Das war ein so absurdes Ende meiner Vorstellung, daß ich anfing zu lachen. Dann schaute ich in die Runde. Niemand von den anderen lachte. Die Gesichter der Männer waren eingefallen. Ihre Körper schienen an Substanz verloren zu haben.

Ich blickte von ihnen weg auf die Tür des Cafés und betrachtete sie eine ganze Weile. Ich hatte das komische Gefühl, daß jeden Moment Bruce Chessler hereinkommen würde. Was für eine törichte Selbsttäuschung. Erwartete ich Beifall von seinem Geist? Wofür? Für eine gelungene Vorstellung? Weil ich die Verschwörung aufgeklärt hatte? Weil ich bewirkt hatte, daß die alten Männer vermutlich in irgendeinem Gefängnis sterben würden anstatt in ihren herrschaftlichen Häusern? Es war nicht leicht zu begreifen.

23

»Es kommt nicht oft vor, daß mich eine schöne Frau zum Mittagessen in ein Restaurant einlädt, in dem der Chefsalat fünfundzwanzig Dollar fünfzig kostet«, sagte Basillio und blickte sowohl mit Mißfallen als auch mit Ehrfurcht auf seinen spärlich gefüllten Teller.

Wir saßen in einem dieser piekfeinen neuen Restaurants auf dem unteren Broadway, zwischen Houston Street und Canal Street.

Eine Woche war vergangen. Ich fühlte mich großartig. Ich feierte immer noch. Sedaka hatte die drei alten Männer belastet. Hanks sagte, er würde wahrscheinlich lebenslänglich kriegen für die Morde an Reynolds und Chessler. Wieviel die drei alten Russen kriegen würden, wußte Hanks nicht. Wozu soll man fünfundachtzigjährige Greise schon verurteilen? Ich feierte nicht wegen des Leids, das ihnen bevorstand. Ich feierte die Wahrheit, die in gewisser Weise auch eine Bestätigung von Stanislawskij und dem Moskauer Künstler-Theater war. Ich wußte nicht genau, warum, aber es war so. Es war, als ob ich für die Tradition des russischen Theaters gearbeitet hätte, und nun durch eine nicht ausgesprochene Zuneigung entschädigt würde.

»Ich verstehe nur immer noch nicht, Schwedenmädel, wie du auf die Verbindung gekommen bist zwischen der Tatsache, daß irgendwas mit dem Tourneeplan der Nikolai-Gruppe nicht gestimmt hat, und der Tatsache, daß sie immer nur in Länder reisten, in denen wegen Krisensituationen erhöhte Nachfrage nach Diamanten bestand?«

»Sieh mal, Tony, ich war zu lange beim Theater, um nicht zu bemerken, daß diese Tourneen irgendwie getürkt waren. Theatergruppen können nicht auf diese Weise reisen. Die Gruppe mußte einen Grund für jede einzelne ihrer Reisen haben, und dieser Grund mußte lukrativ sein. Welche kleine, unabhängige Truppe kann es sich schon leisten, mal eben für zwei Tage mit allen Mitgliedern und dem ganzen Gepäck nach Rio runterzufliegen, auf dem Absatz kehrtzumachen und zurückzujetten? Das ist ganz und gar unmöglich. Also habe ich Monat, Jahr und Ziel jeder einzelnen Reise rausgeschrieben und mit der *New York Times* des entsprechenden Datums verglichen. Bei jeder Reise war es dasselbe – Gefahr schien die Nikolai-Gruppe magisch anzuziehen. Sie fuhren nur an Orte, an denen die Lage irgendwie gespannt war. Sie mußten irgend etwas hinein- oder herausbringen. Und dann fiel mir wieder ein, daß Bukais erste Verbindung zu der Diamantenfirma noch in die Zeit des Vaters des heutigen Besitzers fiel. Und da habe ich ein paar Nachforschungen über den alten Sedaka angestellt ...«

»Und der Rest ist Geschichte«, fügte Basillio grinsend hinzu.

»Die weißen Katzen sind immer noch ein Problem«, sagte ich, wobei mir plötzlich die winzigsten Brötchen ins Auge fielen, die ich je in einem Brotkorb gesehen hatte. Ich holte eines heraus und inspizierte es gründlich, wie eine Katze.

»Wo sind die Katzen?«

»O, sie sind immer noch in dieser Zoohandlung. Der Besitzer will sie nicht hergeben, bevor Bukai nicht eine entsprechende Genehmigung unterschreibt. Und der alte Mann wird überhaupt nichts unterschreiben. Er will, daß sie dort bleiben. Er glaubt nämlich immer noch, daß es weitere weiße Katzen gibt und daß sie in Gefahr sind.«

»Und was ist mit der vermeintlichen weißen Katze?«

»Du meinst Jack Be Quick? Der ist wieder bei seinem Besitzer.«

»Ich verstehe immer noch nicht, warum sie ihn stehlen wollten?«

»Bukai und seine Freunde haben offenbar den Überblick über die Nachkommen von Konstantin verloren. Sie wissen nicht mehr, welche Emigranten weiße Katzen besitzen. Deshalb wollte Bukai Jack Be Quick haben. Er wußte nicht sicher, ob es wirklich ein Nachkomme von Konstantin war. Aber er sah so aus. Und er wollte lieber sichergehen.«

»Wie im Theater«, sagte Basillio, ließ endlich von seinem Salat ab und betrachtetete den beachtlichen Dessertwagen, der am anderen Ende des Lokals herumkurvte.

Ich merkte, daß ich immer noch das komische Minibrötchen in der Hand hielt und ließ es zurück in den Brotkorb fallen.

»Iß es, Schwedenmädel, es wird dir guttun. Dann wirst du ein bißchen runder.«

»Ich esse nur morgens Brot.«

»Du warst schon immer sonderbar, Schwedenmädel«, sagte er.

Ich dankte ihm überschwenglich für das Kompliment. Wir blieben noch ungefähr eine halbe Stunde, aßen Kuchen und tranken köstlichen Kaffee. Dann ging er wieder zu seiner Arbeit, und ich machte mich auf dem Weg nach Hause.

Auf der Fourth Avenue, kurz vor der Fourteenth Street, kam ich an einem Blumenladen vorbei, in dem ein sehr teurer Strauß gelber Blumen stand. Ich kaufte ihn und ging weiter.

An der Twenty-third Street blieb ich stehen. Ich war erstaunt. Warum ging ich eigentlich nach Hause? Die Katzen waren gefüttert. Ich hatte dort überhaupt nichts zu tun. Warum hatte ich nur diese Blumen gekauft? Für *ihn*?

Ich ging auf die Straße und winkte nach einem Taxi, das mich in die Fourty-fourth Street brachte. Hatte ich die Blumen wirklich für Joseph Grablewski gekauft, zur Feier der Tatsache, daß er aus der Alkoholikerabteilung des Krankenhauses entlassen worden war? Aber das war schon eine ganze Weile her.

Ich betrat schwungvoll die Kneipe. Ich war aufgeregt, wie ein Teenager bei seiner ersten Verabredung.

Er war da, in derselben Nische. Ich ging auf ihn zu, selbstbewußt, wie beim Vorsprechen. Meine Verwundbarkeit machte mir angst. Mein Gott, ich war über vierzig. Ich war nie mit diesem Trunkenbold im Bett gewesen.

Ich ließ mich ihm gegenüber auf die Bank gleiten und legte die Blumen auf den Tisch. Ein Glas, das augenscheinlich Coca Cola enthielt, stand vor ihm.

»Ein neuer Verführungsversuch?« fragte er leise und schaute auf die Blumen.

Er war blaß und dünn, und sein Haar war jetzt kürzer geschnitten. Seine Hände lagen mit den Handflächen nach unten auf dem Tisch. Sie zitterten leicht.

»Wie geht es Ihnen?«

»Großartig.«

»Wo ist Ihr Wodka?«

»Wissen Sie denn nicht ... ich bin ein Alkoholiker auf dem Weg, trocken zu werden.«

»Was ist in dem Glas?«

»Cola.«

»Ich wollte mich für Ihre Hilfe bedanken ... für die Information, die Sie mir gegeben haben.«

»Was für eine Hilfe?« fragte er.

»Na, die Hinweise über Lev Bukais Verbindungen zu der Diamantenfirma.«

»Waren Sie eine von denen, die mich im Krankenhaus besucht haben?«

»Ja.«

Da er sich nicht einmal an unser Gespräch über Lev Bukai erinnern konnte, ließ ich die Sache auf sich beruhen.

»Warum?«

»Warum was?«

»Warum haben Sie mich im Krankenhaus besucht?«

»Um Ihnen Blumen zu bringen«, sagte ich, lächelte und deutete auf den Strauß.

»Ich kann Blumen nicht leiden ... nicht in Krankenhäusern ... nicht in Kneipen ... und nicht auf der Bühne.«

Er schob die Blumen zu mir hinüber.

»Was sollen wir tun? Was machen wir nun? Zusammen schlafen oder nicht?« fragte er in komischem Singsang, dann fing er an zu lachen.

»Sie müssen mir verzeihen«, sagte er schließlich.

»Wenn ich nüchtern bin, kann ich mich nur schlecht kontrollieren. Aber es wird nicht lange dauern. Es ist mir nie gelungen, länger als drei Tage am Stück nüchtern zu bleiben.«

»Vielleicht dieses Mal?«

»Das sagen meine Schüler auch immer.«

Ich war verblüfft. Von was für Schülern redete er?

»Unterrichten Sie jetzt?«

»Wenn ich nüchtern bin. Wußten Sie das nicht? Wußten Sie nicht, daß der große Joseph Grablewski sich in den letzen Jahren seinen Wodka verdient hat, indem er gestörten Schülern beigebracht hat, wie man wirklich schauspielert ... wie man es macht, daß einem der Himmel, die Hölle, Marx und De Sade in Fleisch und Blut übergehen.«

»Nein, ich hatte keine Ahnung, daß Sie Schauspiellehrer sind.«

»Lehrer? Mein Gott. Ich bin kein Lehrer. Niemals. Meister, Guru, Retter, Psychiater ... aber niemals ein Lehrer.«

Er trank von seiner Cola, sehr langsam, als ob er sich damit vergiften könne.

»Jeder hat doch von Joseph Grablewskis verrückten Kursen gehört?«

»Ich nicht. Wer gehört denn zu Ihren Schülern? Vielleicht kenne ich ein paar davon.«

»Ich arbeite mit Psychopathen«, brüllte er, »und mit Leuten, die ein gebrochenes Herz haben, und Leuten, die die Wirklichkeit verachten, und Leuten, die beim Theater kaputtgegangen sind, und Leuten, die ... Nein, nicht mit Leuten wie Sie, Lady, niemals mit so schönen Damen wie Sie.«

Er hatte mich schon wieder falsch eingeschätzt.

Er hatte mich schon wieder seinen Feinden zugerechnet.

»Ich sorge nicht dafür, daß es ihnen besser geht. Ich bereite sie nicht auf blödsinnige Stücke vor. Ich mache Darstellungskünstler aus ihnen. Ich bewirke, daß sie sich mit der Welt herumschlagen. Manchmal gehen sie dabei sogar drauf.«

»Jetzt reden Sie aber wirklich dummes Zeug, Joseph. Beruhigen Sie sich.«

»Ach, ich rede also dummes Zeug? Wirklich? Was wissen Sie denn davon? Vor ein paar Wochen wurde einer meiner Schüler umgebracht. Was hätte ich für einen Schauspieler aus ihm machen können! Seine Aufgabe war ganz einfach: Ich sagte ihm, er solle sich unsterblich in eine Frau verlieben ... sich nach ihr verzehren ... ihr Liebesbriefe schreiben ... sie an sich binden ... Er sollte bis an die äußerste Grenze einer falschen Romanze gehen.«

Ich hielt mir die Ohren zu. Plötzlich wurde mir klar, was seine Worte bedeuteten. Aber ich konnte nicht ertragen, was ich da hörte, es war zu schrecklich. Ich wollte taub sein, völlig gefühllos.

Grablewski redete immer noch. Ich konnte sehen, wie seine Lippen sich wild bewegten.

Ich rannte hinaus und verstreute dabei die Blumen auf dem Boden. Bruce Chessler hatte mich geliebt, weil es seine Aufgabe gewesen war! Eine Übung aus dem Schauspielunterricht, aufgeführt draußen in der Welt! Ich ging zehn, fünfzehn, zwanzig Blocks sehr schnell. Dann blieb ich erschöpft stehen. Und dann begann ich zu lachen, da wo ich stand, mitten auf der Straße. War eine Schauspielerin jemals zuvor auf so elegante Art mit ihren eigenen Waffen geschlagen worden?

24

Thanksgiving kam und ging vorbei. Weihnachten kam und ging vorbei. Im Januar wurde der Diamantenhändler Sedaka wegen des Mordes an Bruce Chessler zu einer lebenslänglichen Freiheitsstrafe verurteilt. Das Verfahren wegen Mordes an Arkavy Reynolds wurde eingestellt. Die drei alten Emigranten wurden wegen Anstiftung zum Mord zu Gefängnisstrafen zwischen acht und zehn Jahren verurteilt. Alle Anklagen hinsichtlich des Diamantenschmuggels und des Diebstahls wurden fallengelassen. Mallinova starb zwei Wochen nach der Urteilsverkündung an einem Herzinfarkt. Tschederow hatte einen Schlaganfall und kam ins Krankenhaus. Bukai war der einzige von den dreien, der ins Gefängnis mußte.

Normalerweise tun mir Leute im Gefängnis leid, aber mit den Russen und Sedaka hatte ich überhaupt kein Mitleid. Sie waren Mörder. Ich befand mich in einer Art permanenter Hochstimmung, weil es schließlich mein Verdienst gewesen war, daß der Fall aufgeklärt werden konnte. Und was Joseph Grablewskis Enthüllung betraf, daß die Liebe des jungen Mannes zu mir lediglich eine Übung für die Schauspielschule gewesen war – nun ja, ich kam mir ein bißchen dumm vor, aber dann überlegte ich mir, daß ich mit meinen Nachforschungen ja nur angefangen hatte, weil ich das Märchen von der »unglücklichen Liebe« geglaubt hatte. Also hatte sich meine Dummheit doch wenigstens bezahlt gemacht.

Ansonsten lief alles wunderbar. Es bestand eine gute Chance, daß ich die Rolle einer verrückten Alten in einem sehr sonderbaren und sehr schönen Stück einer chilenischen Autorin bekommen würde, das im Frühjahr an der Princeton Universität von einer neuen Theatergruppe aufgeführt werden sollte. Ich spielte für mein Leben gern verrückte Alte, mit dicken Schichten faltiger Schminke im Gesicht. Das war schließlich eine harmlose Perversion. Und es gab jede Menge Jobs als Catsitter.

Meinen eigenen Katzen ging es ebenfalls gut, obwohl Pancho einen räudeartigen Ausschlag auf dem Rücken bekommen hatte, der mehrmals pro Woche mit einer übelriechenden Salbe behandelt werden mußte. Und das bedeutete, daß ich Pancho einfangen mußte. Dies hatte zur Folge, daß sich meine körperliche Fitneß erheblich steigerte, denn es war mehr als schwierig, Pancho zu fangen, wenn er wußte, daß er eingesalbt werden sollte. Ich mußte Strategien entwikkeln ... still daliegen und auf ihn lauern und mich dann auf ihn stürzen. Wenn ich ihn dann schließlich hatte, schaute er mich aus vorwurfsvollen Augen an, bis ich mit dem Eincremen fertig war. Der arme Pancho, er würde mir nie richtig vertrauen.

Meine Stimmung war so großartig, daß ich beschloß, einen kombinierten Grill-Toaster anzuschaffen. Ich war gerade in der letzten Phase der Entscheidungsfindung, als Basillio anrief und fragte, ob ich etwas mit ihm trinken wolle.

Als ich ihn in der Bar in der Second Avenue, nördlich des St.Mark's Place sah, wußte ich, daß er mir etwas Wichtiges zu sagen hatte; irgend etwas ganz Besonderes. Er trommelte mit seinen Fingern auf die Theke.

Er klopfte auf den Hocker neben ihm. Ich setzte mich.

»So«, sagte er, »bevor ich dir meine Neuigkeiten mitteile, möchte ich dir eine persönliche Frage stellen.«

»Wie persönlich?« fragte ich und bestellte ein Glas Mineralwasser.

»Vertrau mir, Schwedenmädel, vertrau mir. Was ich wissen möchte ist: Bist du über Joseph Grablewski hinweg?«

Ich wurde wütend. »Wovon redest du überhaupt? Zwischen ihm und mir ist nie was gewesen. Nichts. Das Ganze war nur eine Art nostalgische Marotte von mir. Du hast mich schließlich zu ihm geschickt, weiß du noch? Ja, ich habe mich gefreut, ihn wiederzusehen, und ich habe mich wie ein kleines Mädchen benommen. Aber es ist nichts passiert. Es konnte gar nichts passieren. Er ist die fleischgewordene Tragödie. Ich habe ihn seit Monaten nicht gesehen. Er war nur eine meiner kurzzeitigen Geschmacksverirrungen.«

»Dann ist ja gut. Ich hatte schon Angst, du würdest abermals in Panik geraten, wenn ich dir ein paar schreckliche Neuigkeiten über ihn erzähle. Schließlich hast du ihn ja mal geliebt, Schwedenmädel.«

Ich nippte an meinem Mineralwasser. In gewisser Weise verletzte er mich. Schließlich sagte er ja, ich würde Joseph Grablewski sein Glück mißgönnen. Er sagte, ich sei eine rachsüchtige, kaltherzige Frau.

Alles, was ich sagte, war: »Tony, du bist kurz davor, Wasser ins Gesicht zu bekommen.«

Er lachte, küßte mich auf den Kopf und holte einen Zeitungsausschnitt aus seiner Tasche. Mit dramatischen Gebärden breitete er ihn vor mir aus.

Es war eine Anzeige aus dem Theaterteil der *Village Voice*:

WELTPREMIERE
Warum nicht?
Von dem berühmten russischen Symbolisten
A. A. Blok
Produktion und Regie
Joseph Grablewski
Das lange verlorengeglaubte Stück des
meistgeschätzen Dichters des revolutionären
Rußlands wird
endlich aufgeführt, auf Englisch, in
der Inszenierung einer Legende des amerikanischen
Theaters.

Dann kamen die Daten der Generalproben in der Woche ab dem 19. Februar im Cherry-Lane-Theater und die Liste der Mitwirkenden und andere Angaben.

Ich lehnte mich erstaunt zurück. Dies war wirklich wundervoll. Geradezu außerordentlich. Der Mann schien von den Toten auferstanden zu sein. Ich erinnerte mich an das letzte Mal, daß ich ihn gesehen hatte, in der Kneipe, als er sagte, normalerweise könne er nicht länger als drei Tage nüchtern bleiben.

Ich wandte mich Basillio zu. Ich hatte Tränen in den Augen. Ich sagte: »Glaub mir, Tony, ich freue mich ganz schrecklich für ihn.«

Er nickte zustimmend. Ich sah, daß auch er heroische oder glückliche Gefühle hegte.

Aber er sagte nur: »Ich wußte gar nicht, daß er ein Theaterstück geschrieben hat.«

»Wer?«

»Blok. Ich habe als Jugendlicher all seine Gedichte gelesen. Erinnerst du dich an *Die Zwölf*?«

Ich hatte von diesem langen Revolutionspoem gehört, aber ich hatte es nie gelesen.

»Ich glaube, Blok starb 1921.« Basillio redete immer noch über Blok, zuerst langsam, aber dann steigerte er sich in einen seiner verrückten Vorträge über Dramen hinein, über die Problematik stückeschreibender Dichter ... über die Notwendigkeit klarer Ausdrucksweise.

Ich hörte überhaupt nicht zu. Ich wollte irgend etwas tun. Ich wollte feiern. Ich wollte Joseph Grablewski irgend etwas schenken ... ein Gedicht ... eine Blume. Ich wollte ihn wissen lassen, daß jeder, der ihn früher gehört hatte, jeder, der ihn jemals über Theater hatte sprechen hören, dankbar war.

»Erinnerst du dich, in welchem Zustand er war, als wir ihn im Krankenhaus besucht haben?« fragte Basillio unvermittelt.

Da dämmerte es mir, was ich ihm schenken konnte. Ich besaß etwas, das er sicher gerne haben würde – die Liebesbriefe, die sein Schüler mir zu Übungszwecken geschrieben hatte. Ja, die Briefe von Bruce Chessler.

»Ich muß gehen, ich muß gehen«, rief ich, schon auf dem Weg nach draußen.

»Warte, Alice, warte doch! Wo zum Teufel willst du hin?«

Aber ich war schon weg. Ich lief so schnell ich konnte zurück in mein Apartment. Ich fühlte mich wie eine Zwölfjährige, die endlich das richtige Geschenk für ihren Lehrer gefunden hat.

Sechzig Sekunden später segelte ich durch meine Wohnungtür und erschreckte dabei Bushy fast zu Tode, was meine Euphorie spürbar dämpfte.

Die Briefe waren nicht mehr da, wo ich glaubte, sie hingelegt zu haben.

Sie waren nicht in einer der Schachteln ... nicht im Schrank ... nicht in den Schubladen ... nicht in der Kommode ... in keinem der Koffer. Sie waren nirgends ... weg ... verschwunden.

Die Luft war raus aus meinem Ballon. Wo konnten diese Briefe nur sein?

Risa! Risa mußte es gewesen sein. Vielleicht hatte sie die Briefe mitgenommen, als sie ging.

Es war wirklich traurig. Wahrscheinlich war das ihre bemitleidenswerte Art, sich an mir zu rächen. Vielleicht hatte sie ja auch geglaubt, Chesslers Liebe zu mir sei echt – und keine Schauspielübung. Sie hatte keine Ahnung, daß alles nur gespielt war.

Es war zu blöd ... zu traurig ... ich wollte diese Briefe wiederhaben ... ich wollte sie Joseph geben. Ich fing an, Risas Telefonnummer zu suchen, denn ich erinnerte mich daran, daß ich sie auf einem Zettel notiert hatte, nachdem sie sie mir mit Textmarker aufs Handgelenk geschrieben hatte. Ich fand den Zettel und wählte die Nummer. Eine Stimme meldete sich. Es war nicht Risa. Die Stimme sagte, hier gäbe es keine Risa und es hätte auch nie eine gegeben.

Ich legte den Hörer auf. Konnte es sein, daß Risa mir aus Versehen die falsche Nummer gegeben hatte? Das war unwahrscheinlich. Könnte es sein, daß ich die Nummer von meinem Handgelenk falsch abgeschrieben hatte? Niemals. Wenn es eine eiserne Regel im Leben gibt, dann diese: Schauspieler und Schauspielerinnen schreiben niemals Nummern falsch ab. Das können sie sich einfach nicht leisten! Telefonnummern sind lebenswichtig. Regisseure, Produzenten, Agenten, Engagements, Friseure. Ich habe in meinem Leben eine Menge falsch gemacht, aber ich habe nie eine

Nummer gewählt, die ich falsch abgeschrieben hatte. Mein Kopf ist wie ein Computer, wenn es um Telefonnummern geht.

Vielleicht war Risa gar nicht Risa. Aber wer war sie dann? Es war schon sonderbar, daß ich in der ganzen Zeit, die sie bei mir gewohnt hatte, nie ihren Familiennamen herausgefunden hatte.

Wenn sie nicht war, wer sie vorgab, zu sein – was war dann ihre wahre Verbindung zu Bruce Chessler?

Und wenn sie wirklich Bruce Chesslers Freundin gewesen war, dann mußte sie gewußt haben, daß die Liebesbriefe getürkt waren – eine Aufgabe von der Schauspielschule. Liebespaare beim Theater unterhalten sich über den Schauspielunterricht.

Aber wenn sie wußte, daß die Liebesbriefe nicht echt waren, warum hatte sie sie dann aus meiner Wohnung gestohlen?

Gab es irgend etwas in diesen Briefen, das mir entgangen war? Irgendein Code? Aber wozu sollte der gut sein? Was sollte er verschlüsseln?

Ich zog mich warm an und ging zur New School, wo ich im letzten Sommer unterrichtet hatte. Es gab da etwas, was ich sehen mußte, was ich vergessen hatte mitzunehmen. Es war der Stapel kurzer Aufsätze, die ich meine Schüler in der ersten Unterrichtsstunde hatte schreiben lassen. Das Thema lautete »Theater«, und ich wollte lediglich ein paar spontane, freie Assoziationen zu diesem Wort.

Ich hatte mehrere Postkarten von der New School bekommen, daß ich meine Papiere und einige andere Sachen abholen solle, die ich dagelassen hatte, als das Sommersemester vorbei war – einen kleinen Schirm und ein paar Bücher.

Ich fand die Sachen zwischen ein paar Kartons in einem massiven Regal im Raum der alten Fakultät, abgelegt unter N wie Nestleton.

Ich blätterte die Aufsätze schnell durch. Nur wenige waren länger als eine Seite. Die Übung war idiotisch gewesen, aber das war jetzt gleichgültig. Ich war momentan nicht an literarischen Höhenflügen oder psychologischen Fakten interessiert.

Ich fand Bruce Chesslers einseitiges Pamphlet.

Was ich vermutet oder gefürchtet hatte, erwies sich als wahr.

Das Blatt, das ich in der Hand hatte, und die Liebesbriefe, die Risa aus meiner Wohnung gestohlen hatte, stammten nicht von derselben Hand.

Hatte Risa die Briefe für Bruce geschrieben? Und wenn, was bedeutete das? Viele Freundinnen helfen ihren Freunden bei den Hausaufgaben.

Wenn sie sie selber geschrieben hatte, war es ja noch unsinniger, daß sie sie gestolen hatte.

Ich verließ die New School und warf den ganzen Aufsatzstapel in den Papierkorb. Es war klirrend kalt draußen, trotzdem ging ich langsam ... sehr langsam. Was war noch alles falsch an Risa? Vielleicht ihre rote Punkfrisur? Und was war mit dem Mordanschlag, wegen dem sie ihre Wohnung verlassen hatte und zu mir gekommen war? War das auch gelogen gewesen? Warum nicht? Hatte sie die ganze Sache nur erfunden, um die Liebesbriefe zu stehlen?

Ich ging Richtung Zentrum, zum Cherry-Lane-Theater, wo Joseph Grablewski gerade probte.

Dem Theater gegenüber war ein Gebäude mit einem überdachten Eingangsbereich, der ein wenig Schutz vor dem Wind bot. Ich stellte mich in diesen Eingang, ohne die Augen auch nur einen Moment von der Bühnentür des Theaters zu lassen. Die Kälte machte mir nichts aus. Diese neue Spur, Risa, war viel zu faszinierend.

Langsam wurde es dunkel. Die Probe war vorbei. Paare und Einzelpersonen kamen heraus, gingen mit hochgezogenen Schultern durch den eisigen Wind.

Ich fühlte mich wie in einem alten Katherine-Hepburn-Film, wie ich da in der Dunkelheit vor einem Broadway-Theater wartete ... eine Art Bühneneingang-Abenteuer ... Alice Nestletons Bühneneingang. Die Vorstellung war so plastisch, ich konnte sie fast greifen, riechen, als ob mein Hirn toben oder rauchen würde ... es war eine absurde Phantasie.

Dann kam Joseph heraus. Er war sommerlich gekleidet. Das einzige Zugeständnis an den Winter war ein langer Schal, den er wie einen europäischen Talisman um den Hals geschlungen hatte.

Er lehnte sich gegen die Mauer des Theatergebäudes und wartete.

Ich wußte, auf wen er wartete. Jetzt schaute er auf die andere Straßenseite, aber er sah mich nicht. Warum hätte er mich auch wahrnehmen sollen? Ich spielte in seinen Gedanken keine Rolle.

Die Zeit verging. Wir waren beide auf unseren Posten festgefroren. War es eine halbe Stunde? Eine Stunde? Ich hatte keine Ahnung.

Eine junge Frau tauchte an der Straßenecke auf. Sie ging langsam auf das Theater zu.

Als sie näher kam, wurde sie schneller, schließlich rannte sie.

Sie warf sich in Josephs ausgebreitete Arme. Sie umarmten sich stürmisch. Sie strahlten so viel gegenseitige Leidenschaft aus, daß mir ganz schwach wurde.

Sie fing an, ihn wie verrückt zu küssen, dabei hielt sie seinen Kopf zwischen den Händen.

Ich starrte den alten Alkoholiker und das junge Mädchen an, das ich unter dem Namen Risa kannte.

Und da wußte ich, daß es, obwohl die Mörder von Bruce Chessler hinter Schloß und Riegel beziehungsweise tot waren, noch eine ganz andere Version der Geschichte gab, um den Mord zu erklären.

Diese Version war nicht unwahrscheinlich.

Mir jedenfalls leuchtete sie ein.

Risa hatte gehört, wie Bruce seinem Haß auf die Emigranten Luft machte ... auf ihre Scheinheiligkeit wegen des Diamantenschmuggels.

Sie half ihm bei seiner Racheaktion, beim Stehlen der weißen Katzen ... seiner komischen Art und Weise, sie für den Verrat, den sie am Moskauer Künstler-Theater begangen hatten, zu bestrafen.

Sie schrieb die Liebesbriefe, die er für seinen Schauspielunterricht bei Joseph Grablewski brauchte.

Aber dann passierte etwas Unvorhergesehenes.

Sie verliebte sich in Joseph Grablewski.

Sie schrieb Erpresserbriefe an Bukai und seine Partner und drohte ihnen an, die ganze Geschichte mit dem Diamantenschmuggel auffliegen zu lassen.

Und die Emigranten dachten, Bruce Chessler würde Bukai erpressen.

Zunächst zahlten sie und hatten keine Ahnung, wer das Geld abholte.

Aber dann wurden die Forderungen immer höher. Also brachten sie Chessler um, denn sie wußten immer noch nicht, daß sie eigentlich von Risa erpreßt wurden.

Und worin bestanden Risas Forderungen?

Geld, natürlich, Geld. Davon hatten sie ja genug. Aber Risa wollte noch etwas – einige der vielen wertvollen Skripte, die die Emigranten damals bei ihrer Flucht aus Rußland herausgeschmuggelt hatten. Darunter auch A.A. Bloks *Warum nicht?*

Welche Version stimmte denn nun? Ich hatte keine Ahnung. Risa und Grablewski gingen los, die Arme fast verzweifelt umeinandergelegt. Ich schaute ihnen nach, bis sie von der Dunkelheit verschluckt wurden.

Plötzlich war mir ganz furchtbar kalt. Ich machte mich auf den Heimweg. Ich dachte an Clara. Ich hoffte, daß sie ein schönes Zuhause hatte – ein Zuhause mit einem Samowar.